지수

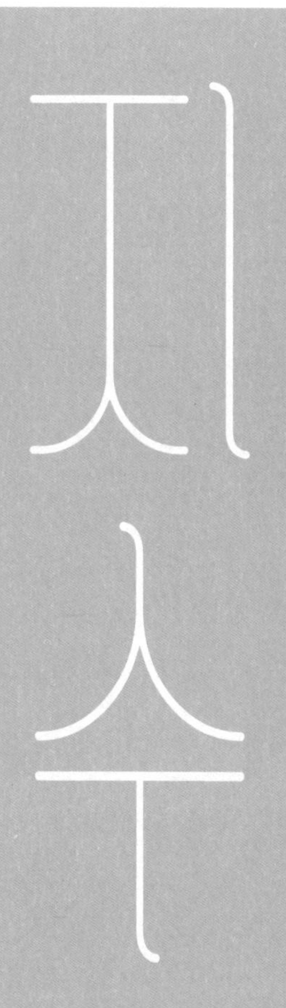

글·그림 구본순

나는 엄마의 딸이고
농인의 아내고
코다맘입니다。

출판사 핌

차례

01. 지수의 풍경 ...06
02. 지수의 연애 ...22
03. 케냐의 선물 ...40
04. 파? 파! ...64
05. 열 걸음만 더 가자 ...84
06. 코다 가족입니다 ...102

°작가의 말 & 셀프 포트레이트 ...127
°추천의 말_이영숙 ...131
°별첨 | 이 글에 등장하는 수어 표현 안내 ...142

01.

지수의

풍경

01.

지수의 풍경

삼 일 동안 눈이 내렸다. 보슬보슬 내린 눈은 온 세상을 하얗게 만들었다. 강물도 얼어붙은 추운 겨울이었다. 동생은 까까머리를 하고 집에 왔다. 이 년 동안 뇌종양으로 병원에만 있었던 동생의 얼굴은 마당에 쌓인 눈처럼 하얬다.

"언니 졸업식 보러 왔어. 나도 퇴원하면 언니처럼 학교도 다니고 졸업식도 할 거야!"

동생은 한껏 들뜬 목소리로 말했다.

"밖에 눈이 엄청나게 쌓였어. 우리 초등학교 구경하러 가자. 많이 변했어?"

"아니 똑같아. 학교가 변할 게 없잖아."

나는 걸어서 삼십 분이나 가야 하는 학

교에 아픈 동생과 함께 가는 것이 걱정되었다.

"춥고 길도 미끄럽고 너무 멀어. 나중에 아빠 오시면 차로 데려다 달라고 하자."

"싫어. 옷 따뜻하게 입고 가면 돼. 병원에만 있었더니 걷고 싶어. 그리고 언니랑 걷고 싶어. 학교 가는 것처럼!"

우리는 두꺼운 잠바를 입고, 목도리를 두르고, 장갑을 끼고, 모자를 쓰고 집을 나섰다.

뽀드득뽀드득 눈 밟는 소리가 예뻤다. 학교 운동장에는 아무도 없었다. 우리는 새하얀 눈밭으로 변한 운동장을 뛰기 시작했다.

"언니, 이거 봐."

동생은 하얀 눈밭에 하트를 그렸다.

얼마쯤 놀았을까. 동생이 갑자기 기침하기 시작했다. 불안한 마음이 엄습했다. 공중전화를 찾아 집에 전화를 걸었다. 아빠는 걱정스러운 표정으로 우리를 데리러 오셨다.

그날 밤, 동생은 고열이 났다. 나는 병원에 입원한 동생을 다시 보지 못했다. 쌓였던 눈이 녹아 사라지고, 얼었던 강물도 녹아 바다로 흘러갔다. 내 동생 지영이도 가루가 되어 강물을 따라 흘러갔다. 나는 강물을 따라 떠내려가는 동생을 우두커니 서서 바라보았다. 후회가 가슴 저리게 밀려왔다. 가지 말자고 할걸, 옷을 더 든든히 입힐걸, 달리기하는 게 아니었는데…….

아빠는 가슴이 부서져라 때리셨고, 엄마는 하염없이 우셨다. 나는 아빠와 엄마 사이에서 아무것도 할 수 없었다.

그렇게 시간은 흐르고, 나는 중학생이 되었다.

봄 소풍 가는 날, 나는 마당에서 한들거리며 춤추는 노란 개나리처럼 신나 있었다. 그리고 엄마표 김밥을 먹는다는 생각에 들떠 있었다. 엄마표 김밥은 정말 맛있다. 오도독 씹히는 당근, 새콤한 단무지, 짭조름한 맛살, 초록 시금치와 노란 달걀까지 들어가면 알록달록한 엄마표 김밥이 완성된다.

"지수야, 꽁다리만 먹어. 예쁜 건 선생님들 도시락에 넣을 거야."

"알았어. 엄마가 만든 김밥이 제일 맛있을 거야!"

나는 엄마 옆에 앉아 신나게 김밥 꽁다리를 주워 먹었다.

"지영이도 김밥 좋아했는데……. 언니랑 같이 소풍 가면 좋

아했을 텐데……."

갑자기 엄마의 눈에 눈물이 핑 고였다. 나는 보았다. 도시락 속에 엄마의 눈물 한 방울이 떨어지는 걸. 나는 지영이를 까맣게 잊고 있었다.

어느덧 나는 고 삼이 되었다. 대학은 집에서 먼 곳으로 가고 싶었다. 하지만 아빠는 집 근처에 있는 취직이 보장된 유아교육과를 제안했다. 나는 취직보다 내가 원하는 공부를 하고 싶었다. 엄마는 고민하는 나에게 말했다.

"지수야, 아빠 말씀대로 해. 엄마도 지수가 내 옆에서 학교에 다니면 좋겠어."

나는 엄마의 뜻을 받아들였다.

하지만 학교생활은 힘들고 재미없었다. 결국 나는 내가 원하는 학교에 가기 위해 부모님 몰래 자퇴서를 제출했다. 처음 해 보는 반항에 가슴은 쿵쾅쿵쾅 방망이질 쳤다. 방학이 지나고, 새 학기가 시작되었다. 나는 매일 학교에 가는 척 가방을 들고 집을 나섰다. 그날도 도서관에 가려고 가방을 메는데 아빠가 나를 불렀다.

"지수야, 요즘 학교에 다니니?"

갑작스러운 아빠의 물음에 순간 몸이 얼음처럼 굳었다.

"이 학기 등록금을 내야 하는 시기가 지났는데, 달라는 말이 없어서 학교에 전화해 봤더니 자퇴서를 냈다고 하더라. 무

자퇴 신청서

과 정	유아교육 학사과정
학 번	
성 명	
연락처	

- 자퇴 사유

슨 일이냐? 왜 자퇴서를 냈어?"

"제 마음이 행복한 공부를 하고 싶어요."

"네가 하고 싶은 공부가 뭔데? 혼자 결정할 일이 아니잖아. 아빠랑 상의했어야지."

아빠는 답답하다는 표정으로 나를 바라봤다.

나는 집에서 멀리 떨어진 신학교에 입학했다. 내가 하고 싶던 공부를 하는 것은 신나는 일이었다. 경전에 적힌 뜻을 헤아리고, 묵상하고, 내 삶으로 살아 내는 배움은 오롯이 나를 서게 했다. 처음 해 보는 자취생활도 설레고 재미있었다. 원하는 커튼으로 방 분위기를 내고, 밤을 새워 영화도 보고, 서툴지만 나를 위한 요리도 했다.

어느 월요일 아침, 엄마에게서 전화가 왔다.

"이번 주말에 시간이 돼서 너 다니는 학교랑 자취방에 가 보려고. 주말에 시간 어때?"

"와! 정말? 엄마 오면 좋지!"

"반찬 싸 갈게. 뭐 먹고 싶어?"

"아니야. 버스 타고 오는데 무겁게 오지 마."

엄마가 온다니! 나는 설레서 잠이 오지 않았다. 내가 다니는 학교에 엄마가 온다는 게 꿈만 같았다.

밭일하느라 평소 몸빼를 입는 엄마는 바바리코트에 환한

꽃무늬 스카프를 두르고 왔다. 구두도 신었다.

"엄마, 너무 예뻐."

"딸 만나러 오니까 예쁘게 하고 왔지. 엄마가 이제야 왔네. 늦게 와서 미안해."

엄마는 내 손을 꽉 잡았다.

"엄마, 학교 구경시켜 줄까?"

나는 엄마와 함께 강의실과 도서관, 채플실을 돌아다녔다. 그리고 그동안 쌓아 두었던 학교생활 이야기를 마구 쏟아 냈다. 엄마는 학생 식당 밥이 맛없다고 했지만 나는 이날 먹은 밥이 제일 맛있었다.

밥을 먹고 엄마랑 자취방에 갔다. 엄마는 깨끗하고 안전해 보여 마음이 놓인다고 했다.

"혼자 사는 거 재미있어? 무섭지는 않아? 혼자 떼어 놓으니 맘이 안 좋네."

"괜찮아. 혼자 영화도 보고 요리도 하고 재미있어."

"지영이가 있어서 같이 살면 서로 의지가 되고 좋았을 텐데……."

내 공간에 지영이가 불쑥 들어온 느낌이었다. 엄마는 또 지영이 생각을 하는구나. 늘 동생을 생각하는 엄마에게 서운한 마음이 들었다.

나는 엄마를 배웅하는 버스정류장에서 내내 잡고 있던 엄마의 손을 놓을 수가 없었다. 괜히 엄마 스카프만 만지작거리고 있는 나에게 엄마가 먼저 입을 열었다.

"춥다. 얼른 들어가."

"엄마 버스 601번 타면 돼. 모르면 전화해."

"잘 갈게. 걱정하지 마. 또 올게."

"엄마 조심히 가! 도착해서 전화해!"

나는 버스에 오르는 엄마의 눈을 마주할 수 없었다. 흐르는 눈물을 엄마에게 보여줄 수 없었기 때문이다. 엄마가 다녀간 자취방은 엄마의 향기로 가득했다. 생각해 보니 나는 엄마가 늘 그리웠던 것 같다.

그렇게 십육 년이 지나고, 나는 결혼을 하고 아이를 낳았다. 친정에서 하는 몸조리는 기대와 달리 서운함만 쌓였다. 엄마는 내 육아가 마음에 들지 않는 것 같았다.

"애가 배고프다고 운다. 분유 먹일까?"

"아니, 모유 줄 거야."

"젖이 적어서 배고프다고 계속 울잖아. 애 울리지 말고 분유 줘."

"싫어, 모유 주고 싶어."

"찔끔찔끔 나오는 거 간식으로나 줘. 꼭 시간 맞춰서 안 줘도 돼. 뭐든 먹고 잘 크면 되지. 별거 아닌 거 가지고 왜 이렇게 고집을 피워."

"나는 내 애한테 모유 주고 싶어. 그렇게 잘 알면 나한테나 잘해 주지! 자식 키우는 걸 엄마한테 못 배우고 책으로 배워서 그렇지. 내 애는 내가 잘해 줄 거야. 엄마는 엄마 딸 마음도 모르잖아!"

그동안 쌓였던 서러움과 서운함이 나도 모르게 튀어나왔다. 엄마는 당황한 듯 아무 말도 하지 못했다. 한참을 말이 없던 엄마는 안쓰러운 듯 나를 바라보았다.

"그때는 엄마도 잘 몰랐으니까 그랬지. 지영이한테도 못해 준 게 많아서 미안한데 큰딸도 서운한 게 많았구나."

"엄마는 항상 지영이 이야기만 했어! 불쑥불쑥 '지영이가 있었으면'이라고 했잖아. 그때마다 내 마음이 어땠는지 알아? 지영이를 그리워하는 엄마를 보면서, 내가 어떻게 하면 그 자리를 채울 수 있을까 생각하며 살았어."

나는 쌓아 두었던 이야기까지 끄집어냈다.

"나 고 삼 때 야간 자율학습 끝나고 집으로 오는 차 안에서 엄마가 '지영이는 엄마 마음을 잘 알아줬어'라고 했어. 나는 그 말이 너무 서운했어. '아! 지영이는 엄마 마음을 잘 위로해 드렸구나. 지금 나는 잘 못하는구나' 이런 생각을 마음에 담고 살았어. 그러다 보니 있는 내 모습보다 착한 딸, 지영이의 빈자리를 채우려는 딸로 지내려고 노력하며 살았어."

엄마는 아차! 하는 얼굴이었다.

"그걸 마음에 담아 두었구나. 그때는 엄마도 하소연할 곳이 없었어. 네게 부담 주고 싶지 않았어. 그래서 혼자 지영이한테 가서 하소연하고 왔는데……. 그때는 내 마음을 어떻게 정리할지 몰랐어. 그때 생각하면 마음이 아파. 미안하다 우리 딸."

그랬구나. 엄마도 외로웠구나. 엄마와 나 사이에 있던 투명한 벽이 허물어졌다. 엄마의 미안함과 사랑이 그대로 나에게 전해졌다.

이듬해 새로운 봄이 찾아왔다.

"엄마, 우리 지영이한테 가 볼까? 나는 한 번도 못 가 봤잖아."

"그래, 지영이도 언니를 기다리고 있을 거야."

지영이를 만나러 간 날 강물을 바라보며 나는 엄마의 손을 꼭 잡았다. 엄마도 내 손을 꼭 잡아 주었다.

어쩌면 우리 가족에게는 지영이를 충분히 그리워할 시간이 필요했는지도 모르겠다.

"엄마, 내년에는 아빠도 같이 오자."

"그래."

기분 좋은 바람에 강물이 일렁였다. 강물은 아름답게 빛났다.

02.

지수의

연애

02.

지수의 연애

버스가 온다. 지수는 지친 몸을 이끌고 버스에 올라 눈이 내릴 것 같은 하늘을 쳐다본다. 고요하고 평화롭다.

지수는 수어책을 꺼내 들고 지난번 수업한 내용을 훑는다. 중학교 시절부터 수어책을 보며 단어를 익히고, 교회에서 수어 찬양을 배우고, 수어 동아리에서 농인들과 만나는 것이 흥미롭고 즐거웠다.

버스에서 내린 지수는 수어교육원으로 향했다.

'딩동'

삼 층 엘리베이터 문이 열리자 지수는 멈칫했다.

"어!"

준호다. 동아리 선배인 준호가 엘리베이터 앞에 서 있었다.

수어전문교육원
CAFE

[오랜만, 무엇, 일?]•

대학 졸업 후 십 년 만이다.

“어? 어, 나는…….”

지수는 당황하며 말을 잇지 못했다.

[내리다, 문, 닫다]

지수는 허겁지겁 엘리베이터에서 내렸다. 준호가 물었다.

[왜, 오다?]

[수어, 배우다, 기초, 오빠, 여기, 왜?]

[수어통역센터장, 회의, 있다, 지금, 끝나다]

[오빠, 센터장?, 멋지다]

준호는 부끄러운 듯 웃었다. 지수가 시계를 보니 수업이 시작되고 있었다. 준호는 가라는 손짓을 하며 말했다.

[수업, 끝, 몇 시?]

[아홉, 시]

[끝, 후, 밥, 먹다, 같이, 오케이?]

[오케이]

대학 때도 후배들 밥 잘 챙겨 주는 선배였는데 지금도 여전

• 수어 표기법으로는 [오랜만]+[무엇]+[일]+[?]비수지가 바르지만, 이 책의 본문에 사용된 수어 대화는 대화의 가독성과 몰입을 위해 [오랜만, 무슨, 일?]과 같이 표기하였습니다. 본문에 사용된 수어 대사의 표기법은 142쪽 별첨 〈이 글에 등장하는 수어 표현 안내〉를 참고 바랍니다.

하다고 생각하며 강의실로 들어갔다.

준호는 교육원 주차장에 차를 세우고 지수를 기다렸다. 어느새 눈이 내리기 시작했다. 수업을 마치고 지수가 내려왔다.

[수업, 잘, 끝?, 뭐, 먹다, 싶다?]

[피자]

둘은 피자집으로 갔다. 피자를 주문하고 준호가 말했다.

[수어, 통역사, 일, 원하다?]

지수는 고개를 끄덕였다.

[수어, 잘하다, 방법, 있다, 농인, 한테, 직접, 배우다]

지수는 준호의 말에 수긍했다.

[맞다, 영어, 배우다, 누구?, 영어, 잘하다, 사람, 수어, 배우다, 누구?, 농인]

[그렇다, 나, 가르치다, 주다, 자주, 만나다, 배우다, 오케이?]

[오케이, 고맙다]

지수와 준호는 교육원 수업이 있는 월, 수, 금마다 정기적으로 만났다. 수어를 농인에게 직접 배우다니 지수는 금방 수어 통역사가 될 것 같은 자신감이 생겼다.

만난 지 꼬박 삼 개월이 되던 어느 날, 준호는 지수에게 왜 통역사가 되고 싶은지 물었다.

[지수, 수어, 배우다, 왜?]

[농인, 돕다, 봉사, 원하다]

준호는 다시 질문했다.

[그러면, 영어, 배우다, 왜?]

[영어?, 여행, 원하다, 외국, 사람, 대화, 자유, 하다]

[수어, 영어, 같다, 언어, 그런데, 수어, 돕다, 영어, 대화, 이상하다, 수어, 농인, 대화, 위해서, 배우다, 좋다]

준호의 말에 뒤통수를 한 대 세게 얻어맞은 기분이었다. 지수는 수어를 소통을 위한 평등한 도구가 아닌 시혜의 수단으로 치부하고 있었다. 농인을 알아 가고 싶은 사람으로 보지 않고, 도와줘야 하는 사람으로 생각하고 있던 자신이 우스웠다. 지금도 이렇게 준호에게 차를 얻어 마시고, 수어를 배우고 있으면서 말이다.

지수의 눈에 준호가 달리 보였다. 소리를 듣지 못해도 당당한 준호가 앞에 앉아 있었다. 그러고 보니 음식을 주문할 때도 지수에게 맡기지 않고 자신은 농인이라 들을 수 없으니 종이에 메모를 적어 달라고 요청했던 그다. 준호는 자신의 세상에서 멋있게 살고 있었다.

눈 내리는 겨울이 지나고 살랑살랑 봄바람이 불기 시작했다.

[토요일, 일, 뭐?]

준호는 불쑥 말을 꺼내 놓고 쑥스러운 표정을 지었다. 지수는 어깨를 으쓱해 보였다.

[별로]

[놀다, 남이섬, 가다]

지수는 갑작스러운 제안에 잠시 머뭇거렸다.

[둘, 만?, 음, 좋다]

주말이 되자 준호는 차를 가지고 지수의 집으로 왔다. 지수는 처음 가 보는 남이섬을 준호와 둘이서 간다고 생각하니 마음이 설렜다. 남이섬에 들어가려면 배를 타야 했다. 준호는 멀미가 날 수 있다며 멀미약을 건네주었다.

잠시 후, 잔잔한 물을 가르며 배가 들어왔다. 배에 타자 차가운 강바람이 불었다. 준호는 가방에서 담요를 꺼내 무릎을 덮어 주었다. 준호의 배려는 선물 같았다.

남이섬은 자연과 예술이 어우러진 섬이었다. 드라마 〈겨울연가〉를 촬영했던 벤치도 있었다. 준호가 같이 사진을 찍자고 했다. 준호는 어색하게 서 있는 지수에게 포스터에 나온 주인공의 표정을 따라 하며 유쾌한 분위기를 만들었다. 작은 눈사람이 나란히 놓인 벤치에서, 드라마 포스터 앞에서, 너른 잔디밭 위에서 지수와 준호는 주인공이 되어 사진에 둘만의 시간을 남겼다.

길을 따라 걸으니 자작나무숲이 나왔다. 위로 높이 뻗은 빼곡한 자작나무 사이에 있으니 마치 비밀의 숲속을 걷는 기분이었다.

[오빠, 여기, 곳, 비밀, 길, 비슷하다, 맞다?]

[기분, 좋다?]

[응, 시원하다]

사람들이 지수와 준호를 힐끔힐끔 쳐다보았다.

[우리, 대화, 모르다, 아마]

지수는 수어로 하는 대화가 무슨 암호라도 되는 양 말했다.

[사람들, 나, 농인, 착각, 아마, 맞다?]

지수는 준호와 나누는 대화가 소중했다. 자신이 농인으로 보여도 괜찮았다. 준호와 함께 있는 동안에는 무대에 서 있는 배우들처럼 둘에게만 조명이 비추는 것 같은 신비로움을 느꼈다. 수어는 지수와 준호를 하나로 엮어 주고 있었다.

[하하, 맞다, 다른 사람, 신경, 필요 없다, 둘, 중요하다]

준호는 유쾌하게 웃었다.

[나, 농인, 자존감, 있다]

[농인, 자존감?, 무슨, 뜻?]

지수는 정확하게 이해하고 싶어 되물었다.

[농인, 창피, 없다, 농인, 자부심, 있다]

지수는 준호의 말에 또 뒤통수를 맞은 기분이었다. 준호는

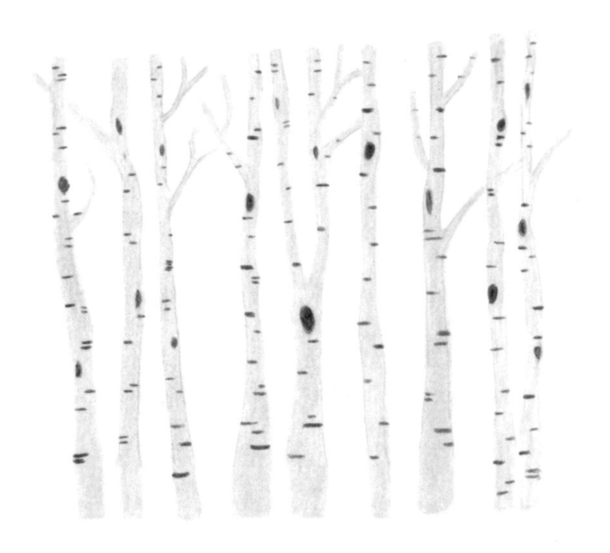

자신의 모습을 있는 그대로 존중하고 사랑했다. 그런 준호가 멋져 보였다. 지수는 문뜩 스스로가 작게 느껴졌다. 자신감 있는 그의 모습을 닮고 싶었다.

자작나무길이 끝날 즈음 지수는 잠시 머뭇거렸다. 준호는 지수를 빤히 바라봤다. 지수는 얼굴을 붉히며 입을 열었다.

[음, 오늘, 부터, 일, 일?]

준호는 밝게 웃으며 지수의 손을 꼭 잡았다. 지수와 준호의 사랑이 시작되었다.

준호와의 데이트는 늘 즐겁고 유쾌했다. 지수가 지쳐 있으면 준호는 더 힘들고 괴롭다는 표정을 지었고, 지수가 신나 있으면 준호도 같이 신나 했다. 지수는 그렇게 표현해 주는 준호가 고마웠다. 온전히 내 편이 되어 주는 것 같아 든든했다.

지수의 연애도 어느덧 십 개월이 흘렀다. 지수는 함께 자취하는 친동생 지민에게 준호를 소개하기로 했다.

준호는 말쑥하게 차려입고 긴장한 표정으로 나타났다.

"안녕하세요. 형부."

지민이 크게 손을 흔들며 인사했다. 지민이 밥 먹는 시늉을 하며 "밥 먹으러 가요. 형부." 하자, 준호는 '형부'라는 말이 멋쩍은지 어색하게 웃었다.

[동그라미, 늘어나다, 좋다?]

"피자 좋아요!"

지민이 크게 말했다. 지민과 준호 사이에 언어 장벽은 느껴지지 않았다. 지수의 통역이 필요 없을 정도로 자연스럽게 대화가 이어졌다.

지민이 "언니가 말이 많아요." 하면 준호가 맞장구쳤다. 또 지민이 고개를 두리번거리면 준호는 [화장실?] 하며 화장실이 있는 곳을 알려 주었다.

지민은 사뭇 진지하게 물었다.

"우리 언니가 왜 좋아요?"

[예쁘다, 나, 언니, 좋다]

준호는 부끄러워 귀까지 빨개졌다.

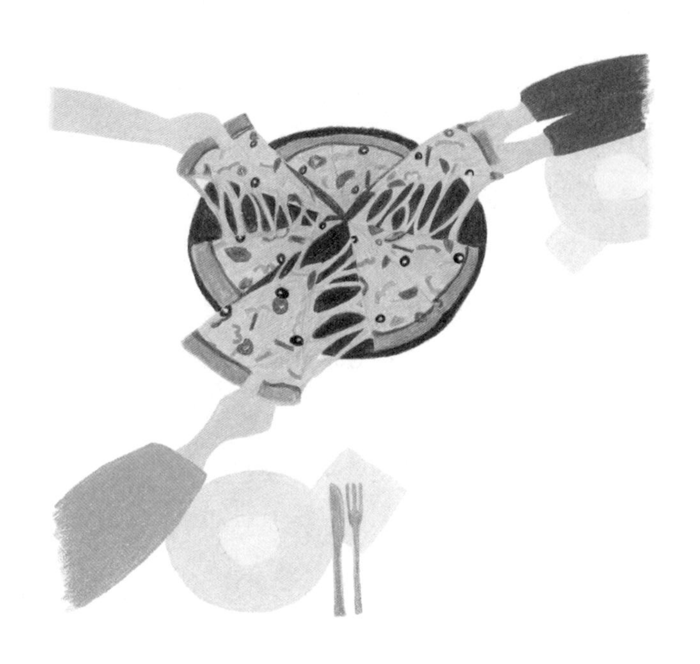

"하하하. 알아요. 얼굴에 이미 쓰여 있어요."

지민은 한참을 웃었다.

"우리 언니 잘해 주세요."

[오케이, 걱정, 하지 마]

준호의 대답은 확신에 차 있었다.

지수가 걱정했던 것과 달리 셋은 즐거운 시간을 보냈다. 지민은 준호와 주고받는 대화가 너무 자연스럽다며 감탄했다. 지수는 셋이 만나는 동안 얼마나 웃었는지 광대뼈가 다 아팠다.

준호와 헤어지고 지수는 지민과 자취방으로 돌아왔다. 그리고 마음에 있던 생각을 털어놓았다.

"내가 준호 오빠와 계속 만나도 될까? 마음이 오락가락해. 요즘 만남에 대해 자신이 없어져."

"만남을 어느 정도까지 진지하게 생각하는 거야?"

지민은 정확한 마음이 궁금했다.

"오빠를 만나고 일 년쯤 되어 가니까 결혼을 고민하게 됐어. 그런데 엄마에게 농인 만나는 걸 어떻게 말해야 할지 걱정돼. 내가 용기 있게 오빠를 선택할 수 있을지도 잘 모르겠어."

지수는 확신이 서지 않아 갈팡질팡하는 마음을 털어놓았다.

"내가 볼 때 오빠는 진실하고 좋은 사람 같아. 그리고 무엇보다 오빠랑 함께 있을 때 언니 표정은 정말 행복해 보여. 연애를 시작하고 점점 밝아지는 언니를 느꼈어."

지민은 불안해 하는 지수를 응원했다.

"오빠를 생각하는 진짜 언니 마음이 중요한 것 같아."

지민의 말에 지수는 찬찬히 자신의 마음을 들여다보았다. 정말 두려워하고 있는 것은 무엇인지, 준호와 함께 있을 때 마음은 어떤지, 그 시간을 얼마나 소중하게 여기는지, 곰곰이 생각하고 고민했다. 그러다 알아차렸다. 지수와 준호의 만남에서 준호의 장애는 걸림돌이 아니었다. 갈팡질팡하는 지수의 마음이 문제였다.

지수는 용기를 내 시골에 있는 엄마에게 전화를 걸었다. 준호와 사귄다고 이야기하자 엄마는 당황했다. 그리고 준호가 어떤 사람인지 궁금하다며 한걸음에 서울로 올라왔다. 서울역에서 만난 엄마는 단정한 차림에 상기된 표정이었다. 엄마는 준호를 보자 손을 꼭 잡으며 말없이 안아 주었다. 셋은 가까운 카페로 갔다.

"반가워요. 나 지수 엄마예요."

[안녕하세요]

준호는 입 모양을 정확히 하려고 애썼다.

"키가 크고 듬직하네. 보고 싶어서 갑자기 왔어요. 괜찮지?"

엄마는 준호에게서 눈을 떼지 못했다.

[네, 괜찮습니다, 감사합니다]

"어떤 일 해요? 일 힘들지 않아?"

[수어통역센터장, 일, 합니다, 힘들다, 아닙니다]

자신이 하는 일에 자부심을 가진 준호는 당당하게 대답했다.

"지수가 착해. 지수 많이 좋아해요?"

엄마는 딸이 사랑받길 바라는 마음으로 물었다.

[좋아합니다, 걱정, 마세요, 많다, 아낍니다]

준호는 엄마의 걱정을 아는 듯 지수를 아끼는 마음을 확고하게 전했다.

엄마는 준호의 얼굴을 보니 마음이

조금 놓인다며 다시 시골로 내려가겠다고 했다. 준호가 기차표를 사러 간 사이 엄마는 걱정스러운 목소리로 지수에게 물었다.

"준호가 그렇게 좋아? 정말 괜찮겠어?"

"응. 같이 있으면 마음이 편안하고 행복해."

"결혼도 하고 싶어?"

"응, 엄마. 마음이 건강한 사람이야. 내가 닮고 싶어."

엄마는 지수의 결정을 존중해 주었다. 하지만 지수는 웃고 있지만 근심에 찬 엄마의 눈빛을 보며 마음이 무거워졌다.

며칠이 지난 어느 날, 지수는 엄마와 지민의 통화 내용을 엿듣게 되었다.

"언니는 오빠 잘 만나고 있지. 엄마 새벽예배 나가? 왜? 언니 때문에? 알았어. 나도 기도할게."

엄마는 지수가 농인을 만나 가정을 꾸리려는 것이 걱정되어 새벽기도를 시작한 것이다. 기차역에서 본 엄마의 눈빛이 떠올랐다. 지수의 마음이 무겁게 흔들렸다. '준호를 사랑하는 내 마음은 확고한가?', '내가 내리는 결정에 책임지고 살 수 있을까?' 지수는 다시 자신의 마음을 들여다보았다.

다음 날 지수는 시골집으로 갔다. 그냥 엄마가 보고 싶었다. 오랜만에 만나 엄마와 아무렇지 않은 듯 가벼운 수다를 떨었다. 이튿날 새벽녘 화장실에 가려던 지수는 주섬주섬 옷을 입는 엄마를 보았다.

"엄마 어디 가?"

"새벽예배 가."

지수는 왜냐고 물을 수 없었다. 엄마에게 걱정을 끼치는 것 같아 마음이 아팠다.

서울로 올라온 지수는 고민에 빠졌다. 준호의 연락도 받지 않았다. 정리되지 않은 마음으로 준호를 만나는 게 부담스러웠다. 연락이 안 되자 준호는 지수를 찾아왔다.

[무엇, 일?, 왜?]

지수는 망설였다.

[우리, 만나다, 두렵다, 나, 수어, 초보, 할 수 있을까?, 괴롭다]

준호는 붉어진 눈시울로 지수의 손을 꽉 잡았다. 준호의 손은 따뜻했다. 준호는 걷자고 했다. 둘은 말없이 동네를 한 바퀴 돌았다.

[걱정, 필요 없다, 함께, 괜찮다]

준호는 지수에게 이 말을 건네고 돌아갔다.

다음 날도 준호는 지수를 찾아와 공원을 걷자고 했다. 텀블러에 따뜻한 모과차도 만들어 왔다. 둘은 오래도록 공원을 걸었다. 다음 날도……. 그다음 날도……. 준호는 매일 지수를 찾아왔고, 집 앞 공원을 산책했다. 지수가 한숨을 쉬며 걱정을 내비치면 준호는 [괜찮다, 나, 함께!]라고 하며 지수의 손을 더 꽉 잡아 주었다. 걸을 때마다 잡은 준호의 손은 늘 따뜻했다.

그렇게 한 달이 지났다. 지수는 항상 옆에 있어 주고 자신을 응원해 주는 준호라면 시련이 있어도 함께 이겨 낼 수 있을 것 같은 믿음이 차올랐다. 그리고 준호를 정말 사랑한다는 것도 깨달았다. 지수 마음의 걸림돌을 제거하기에 준호의 마음이면 충분했다. 지수는 준호가 보고 싶어졌다.

지수는 급하게 외투를 걸치고 준호네 집으로 가는 버스에 올랐다. 매일 자신을 위해 이 길을 오갔을 준호를 떠올리니 가슴이 뜨거워졌다.

'딩동'

현관문을 나온 준호는 깜짝 놀랐다.

[어?, 왜, 왔어?, 무엇, 일?]

준호는 초조한 눈빛으로 지수를 쳐다봤다. 준호를 만나자 지수의 눈에 꽉 차 있던 눈물이 떨어졌다. 지수는 준호를 꼭 안았다.

'그래, 혼자가 아니야. 함께라면 할 수 있을 거야.'

불어오는 따스한 바람이 지수와 준호를 응원해 주는 것 같았다.

03.

케냐의

선물

03.

케냐의 선물

지수는 커다란 나무 기둥에 기대어 에메랄드빛 하늘을 바라본다. 구름 한 점 없이 드넓게 펼쳐진 하늘에 매료되어 몇 시간째 앉아 있는 것이다.

지수가 케냐 마사이족과 함께 생활한 지는 열흘이 넘었다. 빌딩으로 빼곡한 도시와 달리 사방이 탁 트인 하늘을 실컷 볼 수 있는 케냐에서의 생활은 즐거웠다. 지수는 끝없는 수평선 같은 하늘을 매일매일 눈과 마음에 담았다.

선교지에서의 하루는 쉴새 없이 지저귀는 새소리와 창문 너머로 들어오는 태양 빛 알람으로 시작된다. 케냐에 오기 전 지수는 잠자리에서 일어나는 일이 가장 힘들었다. 햇살을 피해 이불을 머리끝까지 뒤집어쓰곤 했다. 개운하지 않은 나른함으로 몸을 겨우 일으켰는데 지금은 아니다. 지수는 그런 자신의 모습이 신기하고 낯설었다. 새로운 곳에 와 있어서일까? 이 곳이 아프리카 케냐이기 때문일까? 왜 서울에서는 이렇게 벅찬 하루를 맞이하지 못했을까? 지수는 잠시 생각한다.

"지수! 잘 잤어? 짜이chai 한잔해."

"네, 좋은 아침이에요."

지수는 일행이 모인 주방 옆 아일랜드 식탁으로 가 짜이 한 잔과 땅콩잼을 바른 모닝빵을 먹었다. 특별할 것 없는 짜이 한 잔이 그저 만족스럽다. 지수 옆으로 지수와 함께 케냐 캠프를 온 청소년 아이들이 앉았다. 선교사님은 오늘 해야 할 일거리를 주었다. 일은 간단했다. 선교지 가운데 화단을 만들기 위한 땅을 고르거나, 학교에 오는 아이들을 맞이하고, 아이들이 하교한 후 교실 청소를 하는 것이다. 어떤 날에는 이제 막 지어진 식당 벽에 페인트칠을 하기도 했다.

지수는 식사를 마치고 본격적인 업무를 시작하기 전 항상 숙소 주변을 산책했다. 아침 태양이 쏟아지는 땅을 밟으며 천천히 걷는 이 시간은 지수에게 하루를 지낼 활력을 넣어 주었다. 지수는 양팔을 옆으로 쭉 벌리고 공기를 들이마시며 몸속 가득 에너지를 채웠다.

선교지는 둥그러미를 그리며 건물들이 이어져 있었다. 선

교사님 집 옆에는 학교와 예배당을 관리해 주는 현지인 요나 아저씨 가족이 살고 있다. 언제나 누런 건치를 드러내며 활짝 웃는 유쾌한 요나 아저씨는 영어와 한국어를 섞어 사용하는 지수의 말을 용케도 알아듣고 그녀를 잘 도와주었다.

요나 아저씨 집 맞은편으로는 현지 아이들이 간식을 먹거나 마을 축제가 열릴 때 음식을 나눌 목적으로 만든 공동식당이 세워졌다. 시멘트만 처덕처덕 발려 있는 이제 막 완공된 식당이다. 지수는 처음에는 벽에 난 창과 출입구에 문도 달리지 않은 것을 보고 '가축을 기르는 축사인가?'라는 생각을 했었다. 지금은 지붕도 얹어 놓았는데, 앞으로 알록달록 페인트칠도 하고, 나무 식탁과 의자도 놓고, 식기들까지 들여놓으면 여느 식당 부럽지 않을 것 같다.

식당 옆 숙소와 마주한 곳에 예배당이 있다. 정문에는 판테온 신전의 원기둥을 떠올리게 하는 네 개의 둥근 기둥이 있는데, 붉은 벽돌로 하나하나 반듯하게 쌓은 건물은 웅장한 분위기를 풍겼다. 마사이족 예배는 형식에 매이지 않고 자유로웠다. 악기 없이 목소리로만 부르는 찬양이 예배당 안에 울리는가 하면, 일어나 박수 치고 발을 구르며 자신의 느낌을 온몸으로 표현하기도 했다.

예배당 뒤편에는 케냐 정부가 정식 교육기관으로 인정한 〈가나안 아카데미〉가 있었다. 이 학교에는 칠십여 명의 학생이

다니고 있는데 한국의 살림마을이라는 단체의 후원금으로 지어졌다. 교실과 교실 사이 벽에 종이 달려 있어 수업이 시작될 때나 간식을 먹을 때 교사가 직접 종을 친다. 딸랑딸랑 맑고 경쾌한 종소리가 선교지 구석구석에 울려 퍼질 때면 괜히 기분이 좋아졌다.

선교지 초입 교실 옆 건물은 게스트하우스로 지금은 지수와 함께 온 청소년들이 사용하고 있다. 이 숙소의 매력은 화장실이 밖에 있는 것인데 아이들은 첫날 화장실을 안내 받고 고개를 절레절레 흔들며 볼멘소리를 냈다. 천장은 뚫려 있고, 이 미터가 넘는 네 개의 나무 기둥에 양철로 벽을 둘렀을 뿐 그 외 다른 장치는 없었기 때문이다. 아이들은 재래식 화장실을 사용해 보기는커녕 본 적도 없었기 때문에 많이 당황했다. 처음 며칠은 볼일을 참거나 화장실을 사용하기 위해 선교사님 집까지 가기도 했다. 그런데 일주일쯤 지난 어느 날 신호가 말했다.

"지수쌤, 우리 좋게 생각하기로 했어요."

"응? 뭘 좋게 생각해?"

지수는 눈썹을 올리며 되물었다.

"우리가 천장이 뚫려 있는 화장실을 언제 쓰겠어요. 밤하늘의 별빛이 아름다워서 한참을 쳐다보기도 해요. 한국에 돌아가면 생각날 것 같아요."

지수는 짜증이 날 수 있는 상황에서 생각을 전환하여 밤하늘의 별을 아름답게 바라보는 아이들이 대견했다.

"너희들 정말 멋지다!"

지수는 케냐에서의 생활이 지수뿐 아니라 아이들에게도 값진 시간이 될 것 같았다.

오늘도 지수는 아침 산책을 마치고 본격적인 일과를 시작했다. 첫 업무는 숙소 앞에 있는 밭을 가는 작업이었다. 케냐의 기후는 건기와 우기로 나뉘는데, 날씨가 건조한 시기의 흙은 딱딱하고 돌이 많다. 농작물을 심으려면 단단하게 뭉친 흙을 깨고 돌은 골라야 한다. 지수와 아이들은 바구니를 하나씩 옆에 끼고 호미로 땅을 갈며 돌을 걷어 냈다.

지수는 쪼그려 앉은 다리가 저릿하여 잠시 일어나 허리를 펴는데 마침 바람이 불었다. 살랑, 바람이 태양 볕에 달궈진 얼굴을 스치고 간다. 살랑, 땀에 젖은 머리칼을 날리고 간다. 지수는 눈을 감고 양팔을 벌려 자연의 바람을 온몸으로 맞았다. 얼굴에는 미소가 번지고 몸은 바람을 따라 날아갈 것 같았다. 노동으로 고단했던 몸이 바람 한

점으로 회복되는 기분이었다.

지수와 아이들은 선교지에서 지내는 삼 주 동안 현지 학생들에게 '특별활동'을 선물하기로 했다. 전달하면 끝나는 물질보다는 조금 더 의미 있는 것을 나누기로 한 것이다. 무엇이 좋을지 고민하고 있는데 선교사님이 불쑥 질문을 던졌다.

"마사이족 아이들의 꿈이 뭔 줄 알아?"

"글쎄요. 족장?"

진식이가 장난스럽게 말했지만 선교사님은 아랑곳하지 않고 말을 이었다.

"맞아. 족장이나 선생님이 꿈이야. 현지 아이들은 다른 직

업은 몰라. 학교에 오는 아이들은 선생님, 학교에 오지 못하는 아이들은 족장을 꿈꾸지. 그런데 꿈이라는 단어를 이해하지 못하기도 해."

짧은 침묵이 흘렀다. 한국의 아이들에게는 강요처럼 느껴지기도 하는 꿈이 이곳 아이들에게는 이해하지 못하는 단어라는 것에 모두들 당황했다. 그 이유가 다양한 세상을 보지 못했기 때문이라니! 지수는 마음이 쓰렸다. 지수와 아이들은 꿈을 꾸고 여러 세상을 경험하며 사는 것에 정말 감사했다.

그러면 현지 아이들에게 줄 수 있는 새로운 경험은 무엇이 있을까? 아이들은 음악 미술 같은 예술 경험을 나누는 것으로 의견을 모았다. 지수도 우리에게는 너무나 쉽고 익숙한 것들이지만 현지 아이들에게는 특별한 수업이 될 것이라는 기대감으로 수업을 준비했다.

신호와 진식이는 노래 수업을, 한결이와 민수는 종이접기 수업을, 지수와 하영이는 물감 수업을 하기로 했다. 수업 내용은 간단했지만, 영어로 해야 하는 부담감에 지수는 입술이 바짝 말랐다.

노래 수업은 〈반짝반짝 작은 별〉을 율동과 함께 가르치는 것으로 정했다. 덩치가 큰 남자 둘이 율동하는 모습이 우스웠는지 현지 학생들은 신호와 진식이가 손만 빤짝여도 까르르 웃었다. 마지막 동작은 제자리걸음으로 한 바퀴를 돌고 팔로 얼굴 앞에 큰 원을 그리며 손을 계속 반짝이는 모양이었다. 얼굴에 꽃받침을 하고 귀여운 표정으로 마무리하니, 현지 아이들도 동작을 따라 하면서 온몸을 배배 꼬며 배꼽을 잡고 웃었다. 너무 웃는 통에 수업을 진행하기가 어려웠다. 지수는 아이들의 웃는 모습을 보고 있자니 자신도 모르게 웃음이 터져 나왔다. 모두들 까르르 깔깔 웃으며 수업을 마쳤다.

종이접기 수업에서는 종이비행기를 만들어 날려 보기로 했다. 한결이와 민수가 색종이를 꺼내자 현지 아이들은 예쁘다며 "뷰티풀, 뷰티풀"을 외쳤다. 지수에게는 각자 마음에 드는 색종이를 고르고 그것을 소중하게 다루는 아이들의 모습이 무척 사랑스러웠다. 아이들은 처음 하는 종이접기에 서툴렀다. 접는 방향과 모서리를 맞추는 것을 헷갈려 했다. 하지만 아이들은 끝까지 집중해 주었고, 현지 교사들의 도움으로 완성할

수 있었다. 지수는 아이들과 완성된 비행기를 들고 교실 밖으로 나갔다.

"하나, 둘, 셋!"

아이들은 하늘을 향해 있는 힘껏 비행기를 던졌다.

"야!"

환호성이 터졌다. 종이비행기는 유연한 포물선을 그리며 빙글빙글 날았다. 지수의 눈에 함박웃음을 짓는 아이들의 표정이 보였다. 아이들이 종이비행기가 되어 하늘을 날고 있는 것 같았다. 종이접기 수업은 성공이었다. 수업을 맡았던 한결이와

민수는 준비하는 일은 힘들었지만, 학생들이 즐거워하는 모습을 보니 뿌듯하고 보람이 느껴진다고 했다.

다음으로 지수와 하영이가 물감으로 데칼코마니를 준비했다. 지수는 현지 아이들에게 예술 활동은 어렵지 않다는 것을 알려 주고 싶었다. 학생들 앞에 서자 지수는 긴장되어 입술이 말랐지만, 천천히 데칼코마니를 설명하며 시범을 보였다. 시범은 간단했다.

먼저 스케치북을 반으로 접었다 편다. 그리고 한쪽에 여러 가지 색깔의 물감을 짠 후 스케치북을 접어 꾹꾹 눌러 준다.

다시 펴면 여러 색의 물감이 섞이며 대칭 무늬를 만들어 근사한 작품이 된다.

"우와."

아이들은 신기한 듯 동그란 눈을 깜빡였다. 이제 아이들이 직접 해 볼 차례다. 지수는 마른침을 삼키며 아이들의 반응을 살폈다. 그런데 신기해 하던 눈빛과 달리 해 보라고 하니 멀뚱멀뚱 스케치북과 물감을 바라보기만 할 뿐이었다. 지수는 식은땀이 났다. 일일이 도와주며 원하는 색깔의 물감을 고르고 짜게 했다. 이번에도 현지 교사가 투입되었지만 교사가 하는 것을 보기만 했다. 아이들의 무반응에 지수는 머릿속이 하얘졌다.

"어, 여러분, 어, 한 번 더 해 볼까요? 음, 나비예요."

지수는 다시 스케치북을 반으로 접었다 펴 물감으로 나비 날개 하나를 그리고 접어 누른 후 펴 보였다. 하지만 아이들은 아까보다 조금 더 알겠다는 듯 고개만 끄덕였다. 그 모습에 지수의 입술도 굳게 닫혔다. 옆에서 지켜보던 현지 교사가 경직된 지수의 손을 꼭 잡아 주며 아이들 앞에 섰다.

"여러분, 이것은 물감이에요. 어떤 색이 있는지 볼까요?"

현지 교사는 물에 물감을 풀어 보이며 색깔부터 알려 주었다. 아차! 그제야 지수는 아이들이 물감을 처음 접한다는 선교사님의 말이 떠올랐다. 예술을 경험시키려는 마음만 앞서 현지 아이들은 물감이 낯설 수 있다는 것을 잊었던 것이다.

수업을 마친 지수는 내내 마음이 무거웠다. 정말 재미있고 신선한 경험을 나누고 싶었는데 그러지 못한 것 같아 속상했다. 또 진행을 잘하지 못한 자신이 실망스러웠다. 그날 저녁, 지수는 식사를 마치고 앞마당 벤치로 나왔다. 수업 시간에 흐르던 식은땀이 아직도 등줄기에 남아 있는 것 같았다. 그런 지수의 기분을 알아챈 선교사님이 지수에게 다가왔다.

"괜찮아. 괜찮아."

"물감의 아름다움을 나누고 싶었는데, 기대에 못 미쳐서 너무 아쉬워요. 긴장해서 말도 버벅대고, 너무 창피해요."

"현지 아이들은 물감이 생소해서 어떻게 사용해야 할지 몰라 망설였을 거야. 조심스러웠을 테지."

선교사님은 지수의 어깨를 토닥였다.

"저에겐 물감이 익숙해서, 처음 접하는 상황을 예상하지 못했어요."

선교사님은 밤하늘을 올려다보며 지수에게 물었다.

"지수, 이곳 아이들이 어때 보여? 행복해 보여?"

지수는 아이들의 웃는 모습을 떠올리며 말했다.

"네. 항상 까르르 까르르 웃어요. 그리고 제가 뭘 하든 꼭 '땡큐'라고 말해요. 문명의 눈으로 보면 원시 부족이지만, 마음에는 풍요로움이 가득한 것 같아요. 눈동자가 정말 맑아요."

"맞아. 꿈이 없어도 물감을 알지 못해도 이곳 아이들은 행복해. 먼 곳까지 물을 길으러 다니면서도 마실 물이 있어서 감사하다고 말하지. 이들의 감사하는 마음은 우리가 본받아야 해."

선교사님은 말을 마치고 밤공기가 쌀쌀하다며 들어갔다. 지수는 한국의 아이들을 떠올렸다. 그들은 마사이족 아이들보다 훨씬 많은 경험을 하고 다양한 놀잇감을 가지고 있다. 하지만 무엇이든 더 많은 것을 원하고 이곳 아이들보다 행복한 것 같지 않다. 왜일까? 지수는 자신도 물을 마시면서 '마실 물이 있어 감사하다'라고 생각해 본 적이 없다는 것을 알아차렸다.

삼 일 후면 케냐를 떠난다. 지수는 아쉽고 서운한 마음에 선교사님께 부탁을 하나 했다.

"선교사님, 이곳에서 지내며 현지 가족들과도 많이 친해졌어요. 이대로 떠나면 너무 아쉬울 것 같아요. 떠나기 전에 현지인들이 사는 집에 가서 감사 인사를 나누고 와도 될까요?"

"보마• 로? 그래, 그래도 괜찮아. 가서 사진도 찍고 찐하게 인사 나누고 와. 길이 머니까 조심히 다녀와."

"그럼, 우리 선물도 할까요?"

• 보마(boma)는 나뭇가지를 씨줄, 날줄로 엮은 뒤 섬유질이 풍부한 소똥과 재를 이겨서 바른 마사이족 전통 집이다.

진식이가 문뜩 생각났다는 듯 말을 꺼냈다.

"우리가 준비해 온 선물은 이미 전달했잖아."

민수는 진식이의 말에 고개를 갸웃거렸다.

"우리가 가져온 물건을 조금 더 나누면 좋겠어. 우리에게도 소중하지만 이곳 사람에게 더 필요한 것일 수 있잖아."

지수는 진식이의 말에 찬성했다.

"정말 좋은 생각이다. 우리가 많은 사랑을 받았으니 감사한 마음을 담아 나누고 가면 좋겠다. 어때? 모두 동의하니? 그러면 각자 찾아볼래? 어떤 것을 나눌 수 있는지?"

지수는 아이들의 생각이 기특했다. 아이들은 주섬주섬 나눌 물건들을 내놓았다. 운동화, 슬리퍼, 반바지, 티셔츠, 전자손목시계, 야구모자 등이었다. 지수는 숄과 얇은 잠바를 내놓았다.

"진식아, 운동화를 주고 가도 괜찮겠어? 돌아갈 때 신을 신발은 남겨 뒀지?"

지수는 아이들이 필요한 것까지 내놓는 것은 아닌지 걱정되었다.

"신호야, 전자시계 비싸지 않아? 또 사야 하는 물건이면 나누지 않는 것이 좋을 것 같아."

"비싸지 않아요. 그리고 손목시계는 집에 하나 더 있어요. 이곳에서 생활하면서 행복은 물건을 많이 가졌다고 느끼는 것

3. 케냐의 선물

이 아니라는 걸 알게 됐어요. 저번부터 미카엘이 시계 멋지다고 말했었어요. 미카엘에게 저를 기억해 달라고 선물로 주고 싶어요."

지수는 신호의 대답을 들으며 아이들이 이번 여행을 통해 스스로 삶의 의미를 찾아가고 있다고 생각했다.

"모두 준비되었으면 가자!"

지수는 신발 끈을 조이며 크고 힘 있게 말했다. 현지인들에게 작별 인사를 하러 가는 길이지만, 지수와 아이들에게는 새로운 출발이기도 했다.

지수와 아이들을 초대한 미카엘 가족은 선교지로부터 걸어서 사십 분 정도 거리에 산다. 지수와 아이들은 뜨거운 태양 아래 흙먼지가 날리는 길 위로 마른 나뭇가지와 가시덤불을 헤치며 걸었다. 가는 길에 어른 어깨만큼 올라온 흰개미 기둥을 발견하곤 신기해서 발걸음을 멈추기도, 아름드리나무가 만들어 준 그늘에서 더위를 피해 쉬기도 했다.

미카엘의 집에 도착하자 가족들은 지수와 아이들을 반갑게 맞아 주었다. 벌판에 집을 짓고 사는 마사이족의 집은 야생동물로부터 집을 보호하기 위해 가시덤불로 울타리를 둘렀는데 울타리 위에 널려 있는 옷들이 정겨웠다. 울타리 안에는 미카엘의 아빠와 세 명의 부인이 아이들과 함께 사는 보마 네 채가 있었다.

미카엘의 엄마가 지수에게 들어오라고 손짓했다. 일행은 안으로 들어갔다. 좁은 출입문을 들어서자마자 바로 통로가 한 번 꺾였는데 야생동물을 피하기 위해서라고 했다. 미로 같은 입구를 지나자 거실 겸 부엌으로 사용하는 중앙 공간이 나왔다. 가운데 피워진 작은 모닥불 위 양철통에서 짜이가 보글보글 끓고 있었다. 양옆으로는 나무판 위에 짚이 깔린 침대 두 개가 있었다. 지수는 사람 키보다 낮게 지은 보마의 내부가 좁을 것이라 생각했었다. 그런데 생각보다 넓고 구조가 잘 짜인 보마를 보며 감탄하지 않을 수 없었다.

그때 밖에서 "와!" 하는 소리가 들렸다. 느닷없는 고함 소리에 깜짝 놀라 밖으로 나가보니 옆 보마가 활활 타고 있었다. 사람들은 망연자실 바닥에 주저앉아 울음을 터트렸다. 지수는 당황했다. 걷잡을 수 없이 활활 타는 불길 앞에서 무엇을 어떻게 해야 할지 알 수가 없었다. 지수는 아이들에게 그곳에 있으라 하고 선교지로 뛰었다. 도움을 청해야 할 것 같았다. 쿵쾅거리는 심장을 부여잡고 눈물을 훔치며 제발 비라도 내려 주길 기도했다.

"선교사님! 불이 났어요. 보마에 불이 났어요. 어떻게 해요? 어떻게 해요?"

"도울 방법은 없어."

선교사님의 말에 지수는 낙심하며 가쁜 숨을 몰아쉬었다.

"소똥 집은 불에 잘 타. 종종 있는 일이야. 지수가 오는 동안 이미 다 타고 재만 남았을걸. 우리가 할 수 있는 건 집을 잃은 그들의 마음을 위로해 주는 것뿐이야. 다른 방법이 없어."

정말 불을 끌 방법이 하나도 없는 것일까? 지수는 허망한 마음에 다리가 풀려 바닥에 털썩 주저앉고 말았다. 정말 이렇게 타 버리면 끝이라니. 멍하니 앉아 있는 지수에게 선교사님이 말했다.

"지수, 다시 가서 그들을 살펴 줘. 안아 주고 옆에 있어 줘. 그들은 지수가 함께 있는 것만으로도 위로가 될 거야."

"가슴이 먹먹하고··· 너무 속상해요."

지수는 입술을 깨물며 눈물을 삼켰다.

"지수도 그렇게 마음이 아픈데 그들은 더 괴롭겠지? 하지만 자연의 순리대로 사는 유목민은 소유한 물건에 매여 살지 않아. 그래서 자유롭고 풍요롭지. 그들은 또 금방 훌훌 털어 버리고 새 집을 지을 거야."

지수는 일어나 달렸다. 괴로운 그들 옆에 조금이라도 더 있고 싶었다. 다시 새 집을 짓는 그들을 응원해 주고 싶었다. 지수는 조금은 진정된 마음과 한결 나아진 발걸음으로 달렸다. '행복은 풍부하게 소유하는 게 아니고, 풍요롭게 존재하는 것이다.'라는 법정스님의 말이 떠올랐다.

지수는 다시 미카엘의 집에 도착했다. 보마를 휘감은 불길은 하나도 남기지 않겠다는 기세로 마지막 기둥을 태우고 있었다. 지수는 부인 옆으로 가 그녀를 가만히 안아 주었다. 어떤 순간보다도 가슴 깊은 곳까지 충만한 밤이었다.

04. ________

파?

______파!

04.

파? 파!

“아이도 산모도 건강합니다. 이십육 주 안정기예요. 조금씩 운동하세요. 걷기가 좋아요. 그럼 한 달 후에 뵐게요.”

의사의 말을 듣고 병원문을 나서는 지수는 마음이 한결 편안해졌다. 이제는 완연한 봄이다. 버스정류장으로 가던 걸음을 돌려 횡단보도로 향했다. 집까지 걸어가 볼 참이다. 걷다 힘들면 잠시 쉬어 가면 될 일이었다. 지나는 길 담장에 장미꽃이 만발했다. 지수는 핸드폰을 꺼내 사진을 찍어 준호에게 보냈다. 전송 완료 메시지가 뜨자마자 준호에게서 영상전화가 왔다.

[병원, 검사, 끝?]

지수는 준호의 마음을 알아채고 먼저 아기의 안부를 전했다.

[아기, 건강하다, 걱정, 하지 마]

준호는 안도하며 손으로 이마를 쓸어내렸다. 그러면서 화면 너머를 구석구석 살폈다.

[지금, 어디?, 걷다?]

준호는 손바닥으로 이마를 쳤다. 지수는 해맑은 웃음을 지어 보였다.

[산책, 중, 장미, 예쁘다, 여보, 사무실, 일, 중, 나, 혼자, 여유, 미안하다]

[괜찮다, 일요일, 가다, 꽃, 구경]

[좋다]

전화를 끊은 지수의 입가에 미소가 번졌다. 지수는 볼록 나온 배를 쓰다듬었다.

"아가야, 건강하게 자라 줘서 고마워. 나에게 와 줘서 고마워."

지수는 아기에게도 행복한 기분이 전달되기를 바라며 계속 배를 어루만졌다.

지수는 출산하기 전 일주일을 친정에서 지내기로 했다. 친정은 서울에서 기차로 세 시간이 넘는 충남 서천에 있다. 그런 탓에 결혼 후 친정에 자주 가 보지 못했는데 오랜만에 엄마와 지낼 생각을 하니 콧노래가 흘러나왔다.

달그락달그락. 지수의 설거지 소리가 경쾌하다.

"언니, 힘든데 나와. 내가 할게."

"아니야, 다 했어. 이 정도는 괜찮아."

지민은 만삭의 몸으로 싱크대 앞에 서 있는 지수를 걱정했지만, 지수는 이 순간이 흐뭇해 하나도 힘들지 않았다. 지수가 거품이 묻은 그릇을 헹구고 있을 때 엄마가 옆으로 왔다.

"요즘 태아 장애 검사가 있다던데. 했어?"

"병원에서 말했는데, 안 했어."

엄마는 의아하다는 표정으로 되물었다.

"검사 안 했어? 결과가 거의 정확하대. 엄마 친구네 딸도 했다던데……."

"알아, 그래서 고민했었는데 안 하기로 했어. 만약에 아기한테 장애가 있다고 하면 지울 거야? 아니잖아. 그래서 안 했어."

지수는 그을린 냄비 자국을 닦아 내며 별일 아니라는 듯 대답했다.

"그거야 그렇지만. 요즘에는 의술이 좋으니까 그냥 검사해 봐."

지수는 계속되는 권유에 슬며시 짜증이 났다.

"왜? 뭐 걱정돼?"

"아니 그냥. 그럼 혹시 청각장애가 유전은 아니래?"

'아! 엄마는 이게 걱정이구나.'

지수는 한 번도 생각하지 않았던 질문에 설거지하던 손을 멈췄다.

"유전은 할아버지 때부터 대대로 농인일 때 유전이고, 박서방은 후천적인 사고라 유전은 아니래."

"그러면 다행이고. 넌 어때?"

지수의 답변에도 엄마의 염려는 사그라들지 않았다.

"뭐가?"

"너는 아이에게 장애가 있어도 괜찮아?"

지수는 자꾸 이런 말을 하는 엄마가 야속했다.

"엄마는 왜 그런 말을 해? 만약 그런 일이 생겨도 내가 선택한 거니까 감사하게 받아들일 거야."

엄마는 근심스러운 눈빛으로 지수를 바라봤다.

"너는 걱정 안 돼?"

"아이에게 장애가 있다고 하면 마음이 힘들겠지."

"그럼 검사해."

"아휴! 알았어. 그만해. 내가 알아서 할게!"

지수는 엄마와 눈이 마주치면 왈칵 눈물이 쏟아질 것 같아 무심한 척 행주만 박박 비벼댔다.

"아니, 엄마는 걱정이 되니까. 그래도 장애 검사는 받아 보지……."

"그만 좀 해! 장애가 있어도 내가 키워!"

지수는 눈물을 참으며 말했고 엄마는 계속 지수 곁을 서성이다 덧붙였다.

"애 낳으면 청력검사는 했으면 좋겠어."

지수의 마음에 불안한 파동이 일었다.

'진짜 장애아가 태어나면 나는 정말 괜찮을까?', '내가 잘 해낼 수 있을까?', '엄마에게 유전이 아니라고 확신했는데 아니면 어쩌지?' 하는 두려움이 지수를 엄습했다. 그러면서 계속 부정적인 상황만 상상하는 엄마가 미웠다.

"지수야."

"엄마! 그만해. 내가 괜찮다고 하잖아. 키우는 내가 괜찮다고!"

"엄마는 네가……. 지수야, 울어?"

엄마가 지수의 어깨를 툭 치는 순간 참고 있던 눈물이 왈칵 쏟아졌다. 지수는 울음을 삼키려고 했지만 그럴수록 흑흑 소리와 함께 자꾸 어깨가 들썩였다. 엄마는 지수를 덥석 안았다.

"우리 딸, 엄마가 미안해. 미안해."

지수는 울먹이며 말했다.

"난 엄마가 괜찮다고 말해 주면 좋겠어. 잘 될 거라고 말해 주면 좋겠어."

걱정해서 한 말이었는데 소리 내어 울지도 못하고 억지로 참으려는 지수를 보니 딸에게 상처를 준 것 같아 미안하고 안타까웠다. 엄마는 가칠한 손으로 지수의 등을 토닥이며 눈물을 닦아 주었다.

엄마가 지수에게 '장애'라는 말을 꺼낸 건 처음이었다. 준호와 결혼한다고 했을 때도 준호의 장애에 대해 언급하지 않았다. 딸이 사랑하는 사람을 장애가 있다고 반대할 순 없었다. 불안했지만 지수의 선택을 믿기에 더는 말하지 않기로 했다. 지수 역시 준호의 장애에 대해 말해 봐야 걱정만 쌓일 것이 뻔하니 이야깃거리로 삼지 않았다. 엄마의 걱정을 덜기 위해서는 잘 사는 모습을 보여 주면 된다고 생각했다.

이런 분위기는 지수네 가족이 동생 지영이에 대해 이야기하지 않는 것과 같은 배려였다. 하지만 이걸 배려라고 해야 하나. 너무 아픈 일이라 누구도 먼저 꺼내지 않는, 깊은 상처를 들추고 싶지 않은 가족 간의 암묵적인 동의였다. 이게 정말 배려일까? 상처가 난 곳에 밴드만 붙여 놓은 꼴인지도 몰랐다. 가끔 소독도 하고 밴드 교체도 해 줘야 하는데 그러지 못한 것이다. 꾹꾹 눌러놓은 상처는 곪다가 마침내 터지고 만다. 환기가 필요하다. 지수는 눈물을 닦아 주는 엄마의 거친 손이 자신의 고름을 닦아 주는 것 같았다. 밴드가 떨어져 나간 상처 위에 시원한 바람이 지나가듯 지수의 마음도 비로소 가뿐해졌다.

햇살이 뜨거운 칠 월, 지수는 연우를 낳았다. 밤새 진통하는 지수의 곁을 지킨 준호는 고단한 얼굴로 눈물을 뚝뚝 흘리며 지수의 손을 잡았다. 아이를 받은 간호사가 손가락 발가락 개수를 확인해 주었다.

"손가락 하나, 둘, 셋, 넷…열 개. 발가락 하나, 둘, 셋, 넷…열 개. 건강합니다."

지수도 아이의 울음소리와 간호사의 '건강합니다'라는 말에 안도의 눈물을 흘렸다.

[손가락, 열, 발가락, 열, 정상]

[보다, 수고하다]

준호는 눈물로 범벅이 된 얼굴로 미소를 지었다. 모든 것이 감사했다.

친정 엄마는 기차를 타고 병원으로 왔다. 지수는 막 올라온 엄마에게 병원에서 있었던 일들을 주저리주저리 늘어놓았다. 같은 병실에서 진통으로 힘들어하던 산모가 응급으로 수술했다는 이야기, 진통이 시작되자 간격을 확인하기 위해 수축타이머 어플을 설치했다는 이야기, 박서방은 병실이 불편하다며 병동 소파에서 잤다는 이야기, 분만이 끝나고 아기를 처음 안았을 때 감동보다 진통이 끝났다는 홀가분한 마음이 먼저였다는 이야기도 했다. 엄마는 가져온 짐을 풀며 맞장구를 놓았다. 문이 열리고 간호사가 들어왔다.

"몸은 어떠세요? 신생아 선별검사 신청하셨죠? 오늘 오후

에 검사 예정입니다."

"네. 청력검사도 같이 신청했어요. 검사 시간은 얼마나 걸려요?"

지수는 연우의 청력을 확인하고 싶었다.

"대략 이십 분에서 삼십 분 정도면 됩니다. 결과는 내일 나와요."

간호사는 불편한 곳이 있으면 벨을 누르라는 말을 하고 병실을 나갔다.

"검사 신청했어? 잘했어."

엄마는 청력검사를 하는 것만으로도 마음이 가벼워진 듯 지수에게 연신 잘했다고 했다. 지수는 검사 결과가 이상 없기를 기도했다.

다음 날 간호사가 결과지를 들고 왔다.

"별다른 이상은 없습니다. 청력도 정상범위로 나왔어요."

지수는 결과지를 받아 들고 옆에 있던 엄마를 쳐다봤다.

"엄마 안심되지? 딸 고생할까 봐 걱정하는 엄마 마음 알아. 나 잘 살 거야. 그런 확신이 있어."

"그래, 엄마도 이제는 걱정 안 해. 우리 딸 응원해."

엄마는 마트에서 휴지를 사 오겠다며 일어섰다. 지수는 병실을 나가는 엄마의 뒷모습을 물끄러미 바라봤다. 공들여 키워 낸 열매를 다 거둬들이고 휑한 바람만 남은 밭 같았다. 삶의 전부였던 자식들이 하나둘 떠나고 남은 엄마의 넓고 넓은 밭. 엄마에 대한 고마움과 함께 마음 한편이 종이에 베인 것처럼 아려 왔다.

퇴원 후 지수는 친정에서 삼 개월간 몸조리를 마치고 서울로 돌아왔다. '이제 혼자의 싸움이다'라고 생각하니 마음이 비장해졌다. 그러나 잠이 많은 지수가 서너 시간마다 깨서 아기에게 분유를 먹이는 일은 여간 힘든 게 아니었다. 연우가 울면 지수는 부스스 일어나 분유를 타러 부엌으로 갔다. 분유를 타는 동안 연우는 계속 울어 댔다. 지수는 말을 알아들을 리 없는 연우에게 부탁이라도 하듯 조금만 기다려 달라며 서둘러 손을 움직였다. 연우에게 부랴부랴 젖병을 물리고 나면 그제서야 한숨을 돌릴 수 있었다. 연우는 단숨에 분유를 마시고는 다시 잠들었다. 지수도 젖병을 한쪽에 밀어 두고 그대로 누워 잠이 들었다. 이런 밤은 계속됐다.

한번은 지수가 감기약을 먹고 잠에 빠져 연우의 울음소리를 듣지 못한 적이 있었다. 연우는 자신이 깼다는 것을 알리려는 듯 바락바락 울어 댔다. 화들짝 놀라 깬 지수는 연우를 안았다. 하지만 연우는 울음을 그치지 않았다.

"연우야 미안해. 엄마가 금방 우유 타 올게."

지수가 부엌 조명을 켜자 빛에 민감한 준호가 눈을 비비며 일어났다. 잠결인 준호는 울고 있는 연우와 평소와 다르게 허둥대는 지수 사이에서 무슨 상황인지 몰라 눈만 끔벅거렸다.

[나, 아기, 울음, 듣다, 못하다, 아기, 화나다, 안다, 부탁]

지수는 준호에게 상황을 설명하고 분유를 탔다. 준호는 엉거주춤 연우를 안고 울음을 달래려고 애썼다. 지수가 분유를 타 오자 준호는 자기가 주겠다며 젖병을 가져갔다.

[돕다, 못하다, 미안]

준호는 연우 입에 물린 젖병을 턱으로 받치고 빠르게 손으로 말했다.

[어쩔 수 없다, 이해, 파•]

준호는 고개를 옆으로 까딱 숙이며 지수에게 눈을 감는 모습을 보였다. 자라는 뜻이다. 지수는 고맙다고 말하며 준호 옆에 누웠다. 한바탕 폭풍이 휘몰아치고 간 것 같았다. 기운이 빠진 지수는 아기를 품에 안고 분유를 주는 준호와 아빠 품에 안겨 젖병을 물고 있는 연우를 가만히 바라보다 잠이 들었다.

이제 지수도 육아 일 년 차가 되었다. 뭐든 일은 할수록 익숙해지는 법인데, 육아는 시간이 흘러도 익숙해지지 않았다.

• 파 : '가능, 할 수 있다'는 수어 표현.
수어 표현은 오른손을 손끝이 위로 향하게 펴서 손바닥을 입 앞에 댔다가 내밀며 입으로 '파'라고 한다.

오히려 힘들고 지치기만 했다. 지수는 연우와 집에 있는 시간이 감옥처럼 느껴졌다. 연우와 외출해 봐도 갑갑한 마음은 해소되지 않았다. 혼자만의 시간이 필요했다. 하루는 퇴근하고 집에 온 준호에게 조심스레 이야기를 꺼냈다.

[여보, 나, 운동, 원하다, 새벽, 때]

[운동?, 좋다, 집?]

준호는 별 반응 없이 그러라고 했다.

[아니, 집, 밖]

[밖?]

준호는 죽은 사람이 살아났다는 말이라도 들은 듯 눈을 동그랗게 뜨고 지수를 쳐다봤다.

[혹시, 연우, 깨다, 어떻게?]

준호는 아직 어린 연우를 두고 나가려는 지수가 이해되지 않았다. 그리고 지수 없이 혼자 연우를 봐야 한다고 생각하니 마음이 불안해졌다.

[아빠, 있다, 깨다, 우유, 주다, 파]

[아휴, 우유, 만들다, 방법, 모르다]

지수는 준호가 아빠가 되고 일 년이 지났는데도 분유 타는 법을 모른다고 하니 짜증이 났다.

[걷기, 운동, 삼십, 분, 만]

[삼십, 분?]

준호는 안 된다며 고개를 절레절레 흔들었다.

[연우, 깨다, 전화, 나, 바로, 집, 도착]

지수는 간절한 마음으로 말했지만 준호는 동의하지 않았다.

[안 되다, 연우, 자라다, 후, 운동, 가다]

준호는 거친 숨소리를 내며 얼굴을 붉히고는 자리를 박차고 일어섰다. 지수는 준호를 붙잡았다.

[지금, 혼자, 시간, 필요, 집, 감옥, 느낌, 답답하다]

[당신, 아기?, 나, 하루 종일, 일, 힘들다, 하지만, 참다, 중]

지수는 준호의 말에 억울한 생각까지 들었다.

[뜻, 아니다, 나, 집, 노력, 중]

준호는 주먹으로 퍽퍽 가슴을 치며 말했다.

[연우, 생각, 안 하다?, 혼자, 욕심, 중?]

[뜻, 아니다!]

쾅! 준호는 지수의 말을 더 보지도 않고 집을 나갔다. 문 앞에 남겨진 지수는 그 자리에 주저앉아 버렸다. 하염없이 눈물이 흘렀다. 머리로는 준호의 입장도 이해가 됐다. 연우와 둘만 있어 본 적도 없고, 분유 타는 법도 모르고, 연우의 울음소리를 못 듣는다는 생각에 막막하고 불안할 것이다. 하지만 지수는 자신의 마음을 조금도 알아주지 않는 준호가 원망스러웠다.

데면데면한 상태로 며칠이 지나고 준호는 퇴근길에 'LED 불빛 초인등'을 들고 왔다. 청각장애인용 무선 초인등인데 소

리 대신 불빛으로 벨소리를 알려 주는 장치다. 방문객이 초인종을 누르면 불빛으로 외부인의 방문을 알 수 있으니 소리를 듣지 못하는 청각장애인들에게 꼭 필요한 장치다. 준호는 이 LED등을 세 개나 가져와 연우가 자는 방, 거실, 화장실에 설치하자고 했다. 지수는 방과 거실에 설치하는 것은 이해되는데, 화장실에 설치하는 것은 납득이 되지 않았다.

[화장실?, 연우, 화장실, 사용, 아직]

[여보, 화장실, 때, 연우, 울다, 나, 모르다, 대신, 여보, 듣다, 화장실, 버튼, 나, 빛, 보다, 연우, 간다, 오케이?]

몇 번이나 그런 상황이 생길까 의문이 들었지만 애쓰는 준호의 마음이 느껴져 코끝이 찡해졌다.

[오케이!]

지수가 크게 웃으며 엄지와 검지를 모아 보였다. 연우를 낳고 육아는 대부분 자신의 몫이라고 여겼는데 준호가 함께하는 방법을 찾아내고 있다. 두 사람만의 방법을.

05.

열 걸음만

더 가자

05.

열 걸음만 더 가자

지수는 준호와 연우가 함께 있는 곳에서는 일부러 수어를 사용했다. 수어는 준호와 소통하는 방법이기도 했고, 연우에게 아빠의 언어를 알려 주고 싶었기 때문이다. 밤이면 불을 끄고 침대에 누워 연우와 농인 아빠에 대해 이야기를 나눴다. 그래서인지 연우는 수어까지는 아니지만 손말이라고 표현하는 손짓 언어를 꽤 자연스럽게 익혔다.

"연우야, 아빠는 귀가 아파서 소리를 듣지 못해. 그래서 눈으로 볼 수 있는 손으로 말하는 거야."

"응."

"연우가 아빠를 크게 불러도 쳐다보지 못할 수 있어. 그럴 때는 가까이 가서 아빠 어깨를 톡톡 치면 돼."

"응. 내가 했어."

연우는 낮에 있었던 일을 떠올렸다.

"맞아. 엄마가 설거지하고 있었는데 초인종이 울렸지. 아빠가 반짝이는 초인등 불빛을 못 봐서 엄마가 연우한테 아빠 불러 줘 하고 부탁했지. 그때 연우가 아빠를 톡톡 쳐서 알려 줬잖아."

지수는 컴컴한 어둠 속에서 흐뭇한 미소를 지으며 두 손으로 연우의 볼을 비벼 댔다.

"아빠가 종종 목소리로 말할 때가 있잖아."

"응."

"그러면 아빠는 아빠가 내는 소리를 들을 수 있을까? 없을까?"

"몰라."

"목이랑 배에 손을 대고 '아' 해 봐. 떨리지? 아빠는 말할 때 이렇게 몸통에서 전해지는 진동을 느끼면서 말하는 거야. 그러니까 목소리를 크거나 작게 조절하는 게 어려워. 그래서 갑자기 큰 소리로 말할 때도 있는 거야. 알았지?"

"응."

연우가 늘어지게 하품을 했다. 지수는 연우에게 아빠의 언어가 자연스럽게 스며들기를 바라며 연우의 가슴에 가만히 손을 얹고 토닥였다.

준호는 퇴근하고 집에 오면 가장 먼저 연우를 불렀다. 거실에서 놀던 연우는 현관으로 쪼르르 뛰어나와 두 팔을 벌리고 서 있는 아빠의 품에 폴짝 올라 안겼다.

[연우, 오늘, 놀다, 뭐?]

[엄마, 놀다]

연우는 이렇게 대답하고 지수를 쳐다봤다. 그러면 지수는 준호에게 오늘 하루를 어떻게 보냈는지 수어로 얘기해 주었다.

이제는 연우도 할 수 있는 수어가 조금 더 늘었다. 손으로 말하는 연우를 볼 때마다 지수의 얼굴에는 흐뭇한 미소가 피어올랐다. 지수는 준호를 사랑해서 결혼했지만, 연우는 아빠를 선택한 게 아니니까. 태어나 보니 아빠가 농인인 상황을 아이는 어떻게 받아들일까? 연우가 태어난 후로 이런 고민은 지수에게 주어진 숙제 같은 것이었다. 하지만 고민은 기우일 뿐, 연우에게 준호는 그냥 '우리 아빠'였다.

네 살이 되자 연우는 어린이집에 다니게 되었다. 어린이집까지 버스로 세 정거장, 가는 내내 연우는 창밖을 내다봤다.

"연우야 뭐 봐? 오늘 첫날인데 기분은 어때? 떨려?"

연우는 지수를 보는 듯하더니 다시 창 쪽으로 시선을 옮겼다.

어린이집에 도착하니 일찍 온 아이들이 자그마한 마당에서 모래놀이를 하고 있었다. 담임교사가 다가왔다.

"연우야, 안녕?"

연우는 부끄러운지 지수 뒤로 숨었다.

담임교사는 허리를 숙이고 연우와 눈높이를 맞췄다.

"친구들에게 가 봐. 마당에서 놀다가 들어가자."

연우는 호기심 어린 눈으로 지수를 올려다봤다.

"갔다 와. 엄마는 여기 있을게."

연우가 아이들에게 가자 지수는 몸을 돌려 담임교사를 마주했다.

"연우 아빠가 농인인 거 아시죠? 집에서는 주로 수어를 사용해요. 그래서인지 연우가 말이 느려요. 단어로만 말하고 아직 문장으로는 말을 잘 못해요."

교사는 이해한다며 고개를 끄덕였다.

"어머니, 그러면 여기에서는 어떻게 할까요? 친구들과 어울리려면 수어보다 말을 많이 사용해야 할 것 같아서요."

"당연히 그래야죠. 지금까지 집에서 저랑만 지내고 기관 생활은 처음이라 친구들과 잘 지낼 수 있을지 걱정이에요."

"너무 걱정하지 마세요. 저희가 도울게요."

지수는 고마운 마음과 걱정되는 마음에 덥석 교사의 손을 잡았다.

"잘 부탁드려요."

고개 숙여 인사한 지수는 연우를 담임교사에게 맡기고 어린이집을 나왔다. 걱정하지 말라고 하지만 집으로 가는 지수의 발걸음은 무겁기만 했다.

등원하고 일주일이 지날 무렵 점심을 먹고 있는데 어린이집에서 전화가 왔다.

'이 시간에 왜?'

지수는 잠시 머뭇거리다 통화버튼을 눌렀다. 연우가 친구의 팔을 물었단다. 가슴이 철렁 내려앉았다. 팔의 상처는 깊지 않지만, 흉터가 남지 않도록 병원 치료를 받았다고 했다.

하원길에 담임교사에게 사건의 자초지종을 들을 수 있었다. 점심을 먹고 낮잠 전 놀이시간, 연우는 마당 구석에 쪼그려 앉아 지렁이를 관찰하고 있었다. 친구가 다가와 손으로 지렁이를 잡으려 하자 연우가 친구를 확 밀쳤다. 친구는 넘어지며 '하지마'라고 소리쳤고 이때 연우가 친구의 팔을 물었다는 것이다.

"친구를 밀거나 무는 행동은 안 돼. 다음에는 말로 '하지마', '싫어'라고 하자고 연우랑 약속했어요. 친구들이 무슨 일이냐며 우르르 몰려들어서 연우도 당황하고 놀랐을 거예요."

상담실을 나오며 담임교사는 어린이집에서 가끔 생기는 일이라며 위로했지만 지수는 염려했던 일이 시작되는 것 같아 가슴이 답

답했다.

집으로 가는 길, 지수는 연우를 한 발 앞세워 걸렸다. 큰 한숨이 절로 나왔다.

"연우야, 엄마가 안아 줄까?"

연우는 걸음을 멈추고 뒤로 돌아섰다. 연우를 안자 지수의 눈에서 눈물이 흘렀다.

"어떻게 말할지 몰랐어?"

연우는 말없이 지수의 목덜미를 세게 끌어안았다.

"엄마가 미안해. 엄마가 알려 주지 않았네. 그래도 밀거나 물면 안 돼. 알았지? 엄마랑 말하기 연습하자. 그러면 연우도 할 수 있어. 엄마가 손으로 대화하는 것에만 신경 쓰느라 연우에게 말 가르치는 걸 소홀했나 봐. 엄마는 연우랑 아빠가 대화를 잘하는 게 중요했거든……. 엄마가 방법을 잘 몰랐나 봐. 실수한 거 같아. 연우가 엄마 좀 도와줄래?"

지수는 연우를 안고 집으로 가는 내내 연우에게 하는 말인지 자신에게 하는 말인지 모를 말들을 중얼거렸다.

현관에 들어서자 지수는 연우의 어깨를 톡톡 쳤다. '손 씻어'라고 말하며 손을 비볐다. 그러고는 '물?'이라고 말하며 물 마시는 손짓을 하다가 멈칫했다. 정확한 문장으로 말하지 않고, 손짓 언어로 말하고 있는 자신을 알아차렸기 때문이다. 지수는 문득 연우에게 언어는 눈에 보이는 직관적인 행동이 아닐까 하는 생각이 들었다. 연우에게 물을 따라 주며 그동안의 일들을 돌이켜 보았다. 아빠와 하는 손짓 대화가 자연스럽게 이뤄지길 바라는 마음에 자신이 수어에 지나치게 집착한 탓일지도 모른다는 생각이 들자 누구를 탓하거나 원망할 수도 없었다. 모든 것이 지수의 선택이었기 때문이다.

퇴근한 준호에게 지수는 어린이집에서 있었던 일을 전했다. 준호는 연우가 친구의 팔을 물었다는 말에 금세 얼굴을 붉히며 큰소리로 연우를 불렀다.

[연우, 연우!]

[연우, 꾸중, 이미, 끝, 하지 마]

지수는 준호에게 연우가 이미 혼났으니 무섭게 하지 말라고 말렸다. 하지만 준호의 태도는 단호했다.

[절대, 안 되다]

연우는 풀이 죽은 표정으로 아빠 앞에 앉았다.

[친구, 팔, 물다, 안 되다]

연우는 어깨를 웅크리며 고개를 끄덕였다.

[친구, 밀다, 안 되다, 아빠, 바라보다, 친구, 친하다, 알았지!]

쉴 새 없이 손을 꼼지락거리던 연우는 지수를 힐끔 쳐다봤다. 지수는 슬그머니 옆으로 가 연우를 안았다.

[아빠, 원하다, 뭐?, 연우, 올바르다, 알다?]

지수는 연우에게 말을 하며 준호가 볼 수 있도록 수어로 통역했다.

[아빠, 연우, 미워하다, 아니다, 연우, 걱정]

지수는 준호의 마음을 연우에게 대신 전해 주었다.

"아빠 엄마는 연우를 많이 사랑해."

연우는 지수의 품에서 빠져나와 아빠에게 갔다. 그리고 준호의 허리를 꽉 껴안았다. 준호는 조금 누그러진 표정으로 연우에게 일렀다.

[물다, 밀다, 싸우다, 안 되다, 약속!]

연우는 집게손가락을 펴 준호의 새끼손가락에 걸고 약속했다. 준호는 연우를 무릎 위에 앉히며 지수에게 말했다.

[언어, 치료, 정보, 해 보다]

[언어, 치료?]

[나, 여섯 살, 부터, 연습, 인공와우, 수술, 후, 다시, 연습, 휴, 힘들다]

지수는 준호 옆으로 가 그의 등을 쓰다듬었다. 발음 연습으로 고생했을 준호를 상상하니 마음이 먹먹해졌다.

연우는 언어치료 센터에 다니기 시작했다. 지수 역시 집에서도 연우가 말을 더 많이 할 수 있도록 언어 사용 방식을 바꿨다. 연우가 물을 달라고 할 때 '물'이라는 단어만 사용하면 주지 않고 '물이 마시고 싶어.'라고 말해야 주었다. 또 연우가

원하는 것이 있을 때 손가락으로 가리키면 전에는 지수가 '이거야? 저거야?' 하며 알아차려 주었는데 이제는 원하는 것을 자세히 말하도록 상황을 유도했다. 가령 이런 식이다.

"엄마, 이거."

연우가 지수에게 카봇 변신 장난감을 내민다. 로봇으로 조립하라는 뜻이다. 하지만 지수는 모른 척 묻는다.

"이거 뭐? 엄마 주는 거야?"

"휴, 로봇으로 만들어 줘."

그 덕에 연우의 말은 늘었지만, 원하는 것을 바로바로 들어주지 않자 연우는 조금씩 짜증을 내기 시작했다.

이런 변화가 연우에게 스트레스였는지 어린이집에서 친구를 밀거나 물건을 뺏는 행동이 더 잦아졌다. 지수는 어린이집에서 걸려 오는 전화를 받을 때마다 찌르르 가슴이 저렸다. 이 방법이 연우에게 최선일까? 수없이 되묻고 되물었다. 단단히 잡았던 마음이 흔들렸다. 지수는 변화에 적응하기 위해 애쓰고 있는 연우가 안쓰러워 하원길에는 늘 아이를 안고 다녔다. 주변 사람들은 사정을 모르면서 버릇 나빠진다, 엄마 힘들다, 걷는 연습을 시켜야 한다는 등 충고를 했지만 지수는 듣지 않았다. 지금은 이것이 엄마로서 연우에게 사랑을 전하는 최선의 방식이기 때문이다.

언어치료를 시작하고 오 개월이 지나자 연우의 어휘는 훨씬 다양해졌다. 하지만 그 기쁨도 잠시, 연우에게 또 다른 문제가 생겼다. 말 시작이 늦다 보니 혀가 굳어 발음이 정확하게 나오지 않는 것이었다. 지수는 덜컥 겁이 났다. 이렇게 어눌한 발음으로 친구들과 대화가 될까? 초등학교에 들어가면 혹시 따돌림을 당하진 않을까? 먼 미래의 일까지 끌어오자 걱정은 수십 개로 늘어났다. 빨리 교정되기 어려울 수 있다는 언어치료사의 말에 지수의 마음은 조급해졌다.

언어치료 센터에서 발음교정 수업을 받고, 유명하다는 발달장애 클리닉에서 언어발달 평가도 받고, 소아정신과에서 인지발달 검사도 하고, 구강에는 문제가 없는지 이비인후과와 치과까지 예약하고 검사하고 소견 듣고 치료 받고……. 쫓기듯 이곳저곳을 다니다 보니 어느덧 반년이 훌쩍 지나 버렸다. 세브란스 어린이병원에서 언어 평가를 받고 나오던 날 연우는 안아 달라며 짜증을 냈다.

"연우야, 젤리 줄게. 열 걸음만 더 가자."

지쳐 있기는 지수도 마찬가지였다. 연우는 젤리, 사탕, 아이스크림의 유혹에도 아랑곳하지 않고 계속 칭얼댔다. 하는 수 없이 지수는 연우를 안고 버스정류장으로 향했다. 연우는 금방 잠이 들었고 잠든 연우는 두 배나 더 무거웠다. 지수는 기운이 하나도 남지 않은 무기력감을 느꼈다.

5. 열 걸음만 더 가자

퇴근하고 돌아온 준호는 녹초가 되어 소파에 널브러져 있는 지수를 가엽게 쳐다봤다.

[연우, 소중하다, 이제, 끝, 나, 농인, 자존감, 연우, 똑같다, 걱정, 하지 마]

준호는 엄지를 펴서 세운 오른 주먹을 가슴 중앙에 대고 어깨를 떡 벌리며 '자존감'이라고 말했다. 지수는 당당한 표정의 준호를 보자 가슴이 뭉클해졌다. 방향을 잃은 지수에게 '괜찮아, 이거면 충분해.' 하는 것 같았기 때문이다. 지수가 반한 준호의 매력이 바로 자존감 아니었던가. 준호처럼 어떠한 시련이 와도 자신의 존재를 아끼고 지켜 간다면 연우도 충분히 이겨 낼 수 있을 것이다. 이렇게 생각하니 자신의 잘못된 선택을 만회하기 위해 아등바등 보내온 시간의 무게들이 홀연 사라졌다.

농인 아빠도, 아빠와 손짓 언어로 소통해야 하는 것도 연우가 감당해야 할 일이다. 연우의 어깨가 무겁고 안쓰러워도 지수가 대신 짊어질 수는 없다. 다만 연우의 방식으로 헤치고 나갈 수 있도록 곁에서 응원해 주면 되는 것이다.

그날 밤부터 지수는 연우와 침대에 나란히 누워 연우가 단단한 마음의 힘을 기를 수 있도록 많은 이야기를 해 주었다.

"연우는 엄마한테 소중하고 소중한 존재야. 엄마는 항상 연우를 응원해. 연우가 즐거울 때, 연우가 혼나서 시무룩할 때, 연우가 친구랑 싸워 속상할 때도 늘 연우 옆에 있을 거야."

어느덧 여섯 살이 된 연우는 봇물 터지듯 말을 쏟아 내기 시작했다. 친구들은 연우에게 수다쟁이라는 별명을 붙여 주었다. 햇볕이 내리쬐는 오후 지수가 어린이집에 들어서자 마당에서 놀던 연우는 한걸음에 달려와 노랗게 물든 자신의 손톱을 보여 주었다.

"엄마 이거 봐. 네일숍에서 했어. 아린이가 사장님이야. 애기똥풀로 하는 거야. 엄마도 할래?"

지수는 재잘재잘 지저귀는 예쁜 종달새 한 마리를 하늘 높이 들어 올렸다. 종달새의 우는 소리가 오후 햇살 속에 명랑하게 울려 퍼졌다.

06.

코다•

가족입니다

- 코다(CODA) Child Of Deaf Adult의 약어. 청각장애인 부모에게서 태어난 자녀를 일컫는 말. 농인 부모에게서 태어난 농인 자녀와 청인 자녀가 모두 해당되지만 보통 청인 자녀를 가리킨다.

06.

코다 가족입니다

"엄마, 그거 알아?"

초등학생이 된 연우의 호기심은 한글을 깨치면서 폭발적으로 늘었다. 지수에게 질문을 하는 것 같지만 자신이 알고 있는 정보를 풀어놓고 싶을 뿐 지수의 답은 중요하지 않았다. 하지만 지수는 성의껏 고개까지 갸웃대며 응했다.

"뭐?"

"삶은 달걀과 생달걀 구별법. 뾰족한 곳을 아래로 하고 돌려서 계속 돌아가면 삶은 달걀이고, 넘어지면 생달걀이야. 지금 한번 해 볼까? 내가 보여 줄게."

연우는 지수가 반응할 틈도 주지 않고 자신의 머릿속에 있는 지식을 꺼내 놓았다.

"지금은 삶은 달걀이 없어. 삶으려면 30분 정도 기다려야 해. 내일 아침에 삶아 줄게. 그때 해 보는 건 어때?"

"그래? 알았어. 내일 꼭 해 줘. 그리고 또?"

"응? 또 뭐?"

"또 궁금한 거 있어? 있으면 물어봐. 동물이나 과학, 인물 중에서."

연우의 다음 질문이 이어졌다. 그런데 이건 연우의 질문이라기보다 지수에게 문제 출제를 요구하는 출제 위원장의 물음이었다. 지수는 궁금하지 않은데 질문을 찾으려니 잘 떠오르지 않았다. 시간을 끌다 가까스로 하나를 찾아냈다.

"헬렌 켈러?"

"아, 그 사람은 과학자인데. 아직 잘 몰라. 다음에 말해 줄게. 방정환은 알아?"

지수는 의식의 흐름대로 대답하는 연우의 모습에 터져 나오는 웃음을 꾹 참으며 궁금한 척했다.

"방정환? 모르지. 누구야?"

연우는 기다렸다는 듯 설명을 쏟아 냈다.

"어린이날이 5월 5일인 거 알지? 그 어린이날을 만든 사람이야. 책을 썼는데 그 글을 읽고 일본 사람도 눈물을 흘렸대. 엄청 감동적이었다는 거지. 엄마도 어린이를 위해 최선을 다해 줘."

지수는 재잘대는 연우의 입을 쳐다보며 그지없이 흐뭇했다.

주말 오후 지수는 원고 마감 날짜를 맞추기 위해 그녀의 작업실인 식탁에 앉아 글을 쓰고 있었다. 혼자 놀던 연우는 창밖에서 아이들의 웃음소리가 들리자 놀이터에 가자고 졸랐다. 일이 급했던 지수는 거실에서 텔레비전을 보고 있는 준호에게 도움을 구했다.

[연우, 함께, 놀이터, 파?]

[오케이!]

준호는 벌떡 일어나 옷을 갈아입으러 방으로 갔다. 지수는 연우에게 일렀다.

"연우야, 아빠가 옷 입고 나오면 놀이터에서 놀고 와."

연우는 입을 삐죽이며 대답하지 않았다.

"왜? 놀이터 싫어? 그러면 아빠랑 마트에 가서 아이스크림 사 올까?"

연우는 여전히 말이 없다.

"연우가 대답을 해 줘야 엄마가 알 수 있어."

연우는 눈치를 보며 작은 목소리로 속삭였다.

"엄마랑 가고 싶어."

방에서 나온 준호는 눌린 머리에 모자를 쓰며 연우에게 가자는 뜻으로 엄지를

편 주먹을 어깨 뒤로 넘겼다. 그런데 연우가 나갈 기색이 없자 준호는 지수에게 무슨 일이냐고 물었다.

[왜?]

[연우, 말, 엄마, 원하다]

준호는 서운함을 감추지 못하고 잠바를 벗으며 소파에 풀썩 앉았다.

[둘, 놀다, 오다]

지수는 준호를 두고 나갈 수 없었다. 준호에게 다시 잠바를 걸쳐 주며 연우에게 말했다.

"다 같이 나가자! 우리 가족 모두 나가자!"

신발을 신으며 신난 연우와 마지못한 척 잠바를 입는 준호 사이에서 지수는 휴 안도의 한숨을 쉬었다.

그날 밤 지수는 침대에 누워 연우와 낮에 있었던 일에 대해 이야기를 나눴다.

"연우야, 낮에 엄마랑 놀이터에 가고 싶었어? 아빠가 연우랑 가려고 준비했는데……. 아빠랑 가기 싫었어?"

"그냥."

"아빠랑 가기 싫을 수 있어. 괜찮아. 연우가 어떻게 생각하든 엄마와 아빠가 연우를 사랑하는 마음은 변하지 않아."

"……."

지수는 이 정도로 마무리했다. 그래야 할 것 같았다. 연우에게 아빠의 장애를 이해해 달라고 강요할 수는 없었다. 지수가 강하게 요구할수록 아빠를 싫어하게 될까 봐 두려웠다. 그리고 장애는 부끄러운 게 아니라는 걸 연우가 스스로 깨달을 시간을 주고 싶었다. 그때야 비로소 연우에게 수어가 아빠의 언어로 받아들여질 것이라고 생각했다.

하지만 준호는 그런 지수의 태도를 못마땅하게 여겼다. 준호는 다른 코다 가정에서 수어를 잘하는 아이들을 볼 때면 부러워했다. 그 마음을 모르는 건 아니다. 가족 안에서 대화가 자유롭지 않아 답답할 준호의 마음도 충분히 알고 있다. 지수는 자신이 출렁이는 외줄에 아슬아슬하게 서 있는 곡예사 같았다. 준호와 연우 사이에서 온 힘을 다해 균형을 잡고 있는 곡예사.

초등학생이 된 연우는 주위 사람들의 시선에 민감해졌다. 아빠를 보면 무조건 달려가 안기던 연우였는데 이제는 멈칫하면서 주위를 먼저 살폈다. 연우가 망설이는 찰나, 초조한 빛이 지수의 얼굴을 스치며 지수의 모든 감각이 준호에게 쏠렸다. 준호가 알아채기 전 지수는 장난치듯 둘 사이를 가로막으며 연우에게 달려가는 시늉을 하거나 준호에게 괜한 말을 걸었다. 연우가 아빠의 손을 잡지 않으면 준호는 실망하며 서운한 표현을 감추지 않았다. 준호는 그저 자신의 감정을 표현한 것이겠지만 지수는 줄타기하다 균형을 잡지 못하고 떨어진 것 같은 낭패감을 느꼈다.

그러던 어느 날 하원길에 연우가 다니는 초등방과후 키움센터장이 지수를 불렀다.

"어머니, 연우 아버님이 청각장애가 있다고 들었어요."

"네, 연우가 말해요?"

"네."

센터장은 고개를 끄덕이며 조심스레 말을 이었다.

"오 월 센터 수업에 다문화 시간이 있어요. 센터에 다니는 아이 중에도 다문화 가정이 있어서 그 어머니들을 초청해 다양한 이야기를 듣고 있어요. 혹시 연우 아버님께도 부탁드릴 수 있을까요?"

"아……, 네. 연우 아빠와 상의해 볼게요."

"연우는 괜찮을까요? 연우가 싫다고 하면 안 하는 게 맞고요."

"연우와도 얘기해 볼게요."

지수는 돌아서며 생각했다. 다양성 수업에 준호가 가는 게 좋을까? 연우는 뭐라고 할까? 강의를 준비하며 둘이 자연스럽게 대화를 나누고, 연우가 친구들에게 아빠를 자랑스럽게 드러내는 시간이 될 수도 있을 것이다. 지수는 연우가 어떤 반응을 보일지 걱정이 되면서도 준호와 연우 사이가 두터워지는 기회가 되지 않을까 기대했다.

지수는 퇴근하고 온 준호에게 센터장의 강의 제안을 전했다.

[여보, 연우, 키움, 센터, 초대, 농인, 문화, 궁금하다, 강의, 파?]

[파, 파, 연우, 알다?]

지수는 고개를 저었다.

[연우, 우선, 허락, 중요하다]

지수는 연우를 불렀다.

"연우야, 센터에 다문화 수업 있지?"

"응. 중국, 러시아, 베트남… 또 어디지? 암튼 직접 와서 설명해 줬어. 진짜 베트남에서 왔대. 전통복도 입고 춤도 추고 그랬어. 베트남어로 안녕은 짜오라고 한대."

"짜오! 재미있는 시간이었겠다. 혹시 그 시간에 아빠가 가면 어때? 친구들에게 아빠도 소개하고, 연우가 수어도 알려 주고. 재밌을 것 같지 않아?"

지수는 조심스럽게 연우의 표정을 살피면서도 일부러 들뜬 목소리로 말했다. 연우는 대답을 않더니 지수의 손을 잡아 방으로 끌고 갔다.

"왜?"

지수는 작은 소리로 물었다.

"아빠가 없는 곳에서 말하고 싶어. 아빠가 센터에 안 오면 좋겠어."

지수는 예상했던 상황을 연우의 목소리로 직접 들으니 마음이 저려 왔다.

"왜? 아빠가 소리 못 듣는 걸 친구들에게 보이고 싶지 않아?"

"그냥……. 안 왔으면 좋겠어. 아빠는 친구들이랑 대화를 못하잖아."

"연우가 수어로 통역해 주면 되지. 친구들에게 수어를 알려 주자."

"아니야! 나 수어 못해. 싫어."

연우는 단호하게 대답했다. 지수는 더 설득할 수 없었다. 연우가 스스로 농인 아빠를 받아들일 시간을 주고 기다리는 것밖에는 도리가 없었다. 아빠를 사랑하지만, 남들과 자연스럽게 대화하는 다른 아빠들이 부러웠을 연우였다. 지수는 연우를 꼭 안아 주었다.

"연우가 준비되면 그때 아빠 초대해 줘."

"응……."

지수와 연우가 거실로 나오자 준호는 궁금한 표정으로 둘을 바라봤다. 연우는 한걸음에 뛰어가 아빠를 안았다. 어리둥절해 무슨 일이냐고 묻는 준호에게 지수는 속닥이듯 작은 손짓으로 연우의 뜻을 전하고는 연우를 따라 준호의 품에 안겼다.

연우가 커 갈수록 넘어야 할 허들도 조금씩 높아지는 것 같았다. 이렇게 엄마가 되는 걸까? 지수는 차곡차곡 쌓이는 경험으로 코다 엄마라는 울타리를 조금씩 더 단단히 세워 가고 있었다.

이듬해 봄 일요일 아침, 교회로 향하는 지수네 가족은 한강대교를 건너고 있었다. 한강은 찬란한 오월 햇살에 반사되어 반짝반짝 빛났다.

"연우야, 한강 좀 봐. 눈부시게 아름답다. 그치?"

지수는 준호의 어깨를 두드렸다.

[강, 아름답다, 반짝반짝]

준호는 한강 쪽을 바라보는 것으로 답했다. 말없이 창밖을 바라보던 연우가 입을 열었다.

"엄마, 아빠는 언제부터 귀가 아팠어?"

"아빠?"

지수는 놀랐다. 지금까지 준호의 장애에 대해 소통을 시작한 것은 늘 지수였다. 그런데 지금 연우가 아빠에 대해 먼저 묻고 있는 것이다.

"아빠가 태어나서 기어 다닐 때 열이 났었대. 높은 열이 며칠 동안 계속됐는데 그때 귀를 다친 것 같아. 그때는 할머니도 아빠 귀가 아픈지 몰랐대. 시간이 지나고 할머니가 '준호야' 하고 불렀는데 아빠가 쳐다보지 않았대. 그래서 방바닥을 쿵쿵 쳤더니 그때는 보더래. 진동은 느끼는데 소리는 듣지 못하는 거야. 그래서 할머니가 아빠를 데리고 병원에 가셨대. 그때가 한 살도 되기 전이라고 하시더라."

"보청기는?"

지수는 차분하게 숨을 고르고 대답했다.

"아빠가 중학생일 때 인공와우 수술을 하고 보청기를 사용했었대. 그런데 들려오는 소리가 너무 커서 머리가 지끈지끈 아팠대. 태어날 때부터 소리를 들은 우리는 다양한 소리에 익숙하지만, 갑자기 보청기를 끼게 되면 크고 작은 많은 소리가 한꺼번에 들려와서 힘들다고 아빠가 말했어. 우리도 갑자기 쾅쾅하는 큰 소리를 계속 듣게 되면 귀가 아프겠지? 그래서 아빠는 보청기를 사용하지 않기로 했대."

"아, 그렇구나."

"그런데 아빠에 대해 왜 물어봐?"

지수는 연우의 마음이 궁금했다.

"그냥 궁금해서. 아빠 귀가 어떻게 아프게 됐는지 궁금해서."

"아빠가 소리를 들었으면 좋겠어?"

"응, 하지만 괜찮아."

"뭐가 괜찮아? 아빠가 소리를 들었으면 좋겠다고 생각해서 물어본 거 아니야?"

"아니야. 그건 그냥 궁금해서 물어본 거야."

지수는 뜨끔했다. 연우의 대답에 자신이 연우의 마음을 미리 규정하고 있다는 것을 깨달았다. '아빠가 소리를 듣는 사람이면 좋겠다'라고 생각하고 있을 줄 알았는데 연우에게 그 문제는 중요하지 않았다. 오히려 지수가 선입견을 품고 연우의 마음을 미루어 짐작했던 것이다. 지수는 깊숙한 곳 어디엔가 남아 있던 고정관념을 들킨 것 같아 부끄러웠다. 가만히 연우를 보고 있자니 필름 없이 투명하게 아빠를 바라보는 시선이 기특했다. 덕분에 지수가 보는 세상도 맑아진 느낌이었다.

교회에 도착한 후 지수는 준호에게 차에서 나눈 대화를 전했다. 이야기를 들은 준호는 예배가 끝나고 집으로 가는 길에 자신이 졸업한 서울농학교에 가 보자고 했다. 준호는 연우에게 아빠가 다녔던 학교를 소개해 주고 싶었다.

[여기, 곳, 아빠, 학교, 변하다, 많이]

준호는 운동장 입구에 차를 세웠다.

[좋다]

지수는 학교 중앙에 서 있는 아름드리 느티나무를 보고 감탄했다.

[학교, 백 년, 넘다]

경비원 아저씨가 나와 지금 창문 교체 작업 중이라 건물 안은 볼 수 없다고 했다. 준호는 아쉬운 표정이었다. 하지만 지수는 준호가 뛰놀던 운동장에 가족이 함께 서 있는 것만으로도 가슴이 벅찼다. 지수는 운동장을 가로질러 뛰었다. 연우도 덩달아 뛰었다.

국립서울농학교

"엄마, 왜?"

"그냥, 좋아서."

농학교는 유치원과 초중고가 함께 있어 마치 여러 동으로 이루어진 작은 대학 캠퍼스 같았다. 십사 년 동안 한 학교만 다녔다는데 갑갑하지 않았을까? 하는 생각도 들었지만, 달리 보면 이곳은 유년 시절 준호에게 세상의 전부였을지도 모른다.

연우는 학교 이곳저곳을 기웃거리며 아빠가 어디서 공부했는지 물었다. 준호는 학교 곳곳에 깃든 어릴 적 추억을 지수와 연우에게 풀어놓았다. 준호는 학교 뒷산에 오르자고 했다. 준호를 따라 삼 분쯤 계단을 오르자 작은 정자가 보였다. 정자에서는 농학교가 한눈에 들어왔다. 지수는 마침 불어오는 바람을 향해 양팔을 크게 벌렸다. 준호의 추억을 온몸으로 고스란히 느끼려는 것처럼.

[아빠, 저기, 소리, 있다]

연우는 갑자기 사람들의 말소리가 들린다며 아빠의 손을 잡고 강당으로 향했다. 강당에서는 농학교 학생들에게 보여줄 뮤지컬 연습이 한창이었다. 한 극단에서 하나은행과 함께 찾아가는 어린이 경제 뮤지컬 〈재크의 요술지갑〉 공연을 하는데 여덟 명의 배우와 네 명의 수어 통역사가 함께 연습 중이었다. 수어 통역사들은 배우 옆에서 그들의 표정, 몸짓, 크고 작은 소리까지 수어로 표현했다. 지수는 농인을 위한 자막이 있는 공연은 봤지만 수어 통역사들이 함께하는 공연은 처음이었다. 수어로 뮤지컬을 할 수 있다니. 말에 멜로디가 붙어 노래가 되듯 말에 수어가 붙으니 춤이 되고 몸으로 부르는 노래가 되었다. 악보에서 음표들이 춤을 추듯 손끝에서 수어의 선율이 피어났다. 통역사들의 몸짓은 마치 파푸아 뉴기니의 극락조들이 깃털을 부풀리며 현란한 날갯짓으로 구애의 춤을 추듯 열정적이면서 아름다웠다. 지수는 무대가 끝난 후에도 황홀경에 빠져 있었다.

툭툭. 무대에서 눈을 떼지 못하는 지수를 연우가 불렀다. 지수는 연우와 눈이 마주치자 들뜬 목소리로 외쳤다.

“연우야, 봤어? 엄청 멋지지.”

그러자 연우가 수어로 말했다.

[엄마, 수어, 대화, 말, X(엑스), 아빠, 궁금하다]

[맞다, 미안하다, 공연, 보다?, 멋지다]

지수는 준호와 연우를 번갈아 보며 얼른 수어로 말했다.

[아빠, 춤, 같다, 나, 수어, 배우다, 원하다]

연우가 더듬더듬 수어를 했다. 지수는 이때 연우의 눈빛이 반짝이는 것을 보았다.

[수어, 말, 아름답다, 감동]

준호는 자신의 언어가 자랑스러웠다.

“엄마.”

연우는 들릴 듯 말 듯 작은 소리로 지수의 귀에 속삭였다.

"아빠 키움센터에 초대할래."

"정말?"

지수는 연우를 와락 끌어안았다. '왜?'라고 묻는 준호를 보며 지수가 환하게 웃었다.

우연히 방문한 농학교에서 보게 된 수어 뮤지컬. 지수는 이 공연이 지수 가족에게 주는 선물 같았다.

집으로 돌아가는 한강대교 위, 지수는 잔잔히 흐르며 반짝이는 한강을 본다. 지수네 가족도 저 물줄기처럼 유유히 흘러갈 것이다. 물론 넘어야 할 장애물들은 계속 나타나겠지만 지난 시간 속에서 지수네는 어려움들을 하나하나 잘 헤쳐 왔다. 서로 아끼는 마음으로 산다면 오늘 뮤지컬 같은 선물은 언제나 주어질 것이다. 지수는 그렇게 믿는다.

°작가의 말

°추천의 말

°별첨 | 이 글에 등장하는 수어 표현 안내

° 작가의 말

"뭘 하고 싶어?"

저는 이 질문에 답하기가 어렵습니다. 내가 무엇을 원하는지 모르겠거든요. 무엇을 좋아하고 어떨 때 신나는지, 어떻게 살고 싶은지 말입니다. 머뭇거리다 대답합니다.

"아무거나……."

동화에세이는 에세이를 이야기 장르 중 하나인 동화의 형식으로 재구성한 글입니다. 저는 처음 원고를 쓸 때 속에 있는 모든 것을 토해 내듯 써 내려갑니다. 그리고 몰입했던 감정에서 빠져나와 원고를 수정합니다. 동화에세이를 쓰기 위해 객관적으로 나를 바라보게 되면서 내 의견을 묻는 물음에 왜 대답할 수 없었는지 알게 되었지요. 한발 물러나 삶을 들여다보니

제 삶에는 내가 없었습니다.

공허하게 지내던 어느 날 '나를 스토리텔링 하는 동화 쓰기' 워크숍을 만났습니다. 워크숍에 참여해 글을 쓰면서 제 안에서 '네 꿈은 뭐니?'에 대한 물음이 생겼습니다. 나는 어떻게 살고 싶지? 맏이로 태어나 동생을 하늘나라에 보내고 농인과 결혼해 코다 가정을 꾸리고 사는 내가 궁금해졌습니다. 이렇게 나에 대한 고민과 함께 『지수』는 시작됐습니다.

중학생 때 동생의 죽음을 겪으며 삶이 의미 없게 느껴졌습니다. 결국은 다 죽게 될 테니까요. 동생은 나와 다르게 성격이 쾌활해 늘 친구들을 몰고 다녔고 공부도 잘했습니다. 부모님에게도 살가운 딸이었죠. 잘하는 게 많은 동생이 나 대신 떠났다는 자책에 동생 몫까지 살아야겠다고 생각했습니다.

이런 상태로 다녀 온 케냐에서 새로운 삶의 의미를 발견했습니다. 마사이 사람들은 옥수수 가루로 만든 우갈리를 먹고 폐타이어로 만든 슬리퍼를 신고 소똥 집에서 생활합니다. 제 기준에서 어느 것 하나 편해 보이지 않았습니다. 그런데도 아이들은 언제나 까르르 웃었고, 어른들은 어떤 상황에서도 'No problem'을 말하며 신께 감사했습니다. 오히려 물질이 풍족한 나는 만족하지 못하며 사는데 말이죠. 이들에게서 삶이 감사라는 것을 배웠습니다. 감사의 눈으로 보니 덤으로 생을 얻은 기분이었습니다. 내가 가진 걸 나누겠다고 다짐했습니다.

그렇게 살던 중 아름드리 느티나무 같은 사람, '준호'를 만났습니다. 다른 사람에게는 무뚝뚝한 제가 희한하게 준호 앞에서는 떼쓰는 아이가 됩니다. 준호는 허허 웃으며 저의 투정을 받아 줍니다. 그런 준호와 결혼하여 '연우'를 낳고 '코다' 가정이 되기까지 벅찬 순간들이었습니다.

아이들이 사진첩을 보며 놀다가 열 살 연우가 일곱 살 동생 하영이에게 묻습니다.

"하영아, 만약에 소리를 듣는 아빠가 있다면 어떨 것 같아? 나는 상상이 안 돼. 그런 아빠를 만난 적이 없으니까. 좋을 거 같아?"

하영이는 망설임 없이 대답합니다.

"정말 좋지. 그렇지만 지금 아빠가 더 좋아. 아빠는 나를 엄청 사랑하고 손으로 비밀 대화도 할 수 있으니까."

저는 농인 남편을 사랑해서 선택했지만, 아이들은 농인 아빠를 어떻게 받아들일지가 걱정이었는데 아이들의 대화를 들으며 안도했습니다. 허들 하나를 또 넘었습니다.

저는 평범한 삶을 특별하게 여기며 삽니다. 허들을 하나씩 넘을 때마다 저의 평범한 삶에 특별한 것이 더해지고 있습니다. 제 인생의 중요한 순간들을 『지수』에 담았습니다.

태어남과 죽음 사이, 삶에는 많은 장애물이 있습니다. 그 과정을 마주하고 넘는 일은 쉽지 않습니다. 하지만 그만큼 나만의 특별함이 늘어나겠지요.

여러분에게도 『지수』의 파동이 닿아 자신만의 특별함을 만들어가길 응원합니다.

°추천의 말

[낯설다, 새롭다, 음, 좋다]

이영숙
시인·문학평론가

노을과 나는 피 한 방울 섞이지 않았거늘
그것이 이리 좋아서 눈이 물렁해질 때까지 겨워하였다
_박지웅, 「별에서 자꾸 석류향이 났다」에서

이 글이 「추천의 말」보다는 조금 딱딱하고, 「작품 해설」보다는 조금 말랑한 질감을 지녔으면 한다. '구성~문법~장르'라는 건조한 키워드 안에 정갈하고 다정하고 밀도 높은 문장들이 차고 넘쳤으면.

구성

전체적인 내러티브의 흐름을 스토리라 했을 때, 『지수』는 지수의 어린 시절과 학창 시절을 거쳐 연애와 결혼에 이어 육아 중인 현재까지의 시간을 순행적으로 보여주는 듯하다. 모든 삶의 보편적 요소인 갈등과 고뇌 역시 시간의 경과와 더불어 화해와 해결의 국면으로 나아가는 것처럼 보인다. 하지만 이 책의 플롯은 그렇게 간단치가 않다. 스토리를 구성하는 구체적 사건의 의도적 배치는 구본순 작가가 플롯을 활용하는 방식이다.

스피디하게 전개되는 1장 「지수의 풍경」은 짧은 에피소드를 징검다리 삼아 징검징검 건너뛴다. 더욱 과감한 압축도 있다.

그렇게 십육 년이 지나고, 나는 결혼을 하고 아이를 낳았다.

2장 「지수의 연애」와 3장 「케냐의 선물」은 이 문장 안의 '십육 년'에 수렴된다. 그리고 4장 「파? 파!」의 전반부는 '결혼' 후 '아이를 낳'기 전의 임신 정황을, 후반부부터 5장 「열 걸음만 더 가자」와 6장 「코다 가족입니다」는 '아이를 낳'은 후의 정황을 그려낸다.

우선 1장에 주목해야 하는 이유는 2장부터 4장의 전반부까지의 역류성 완급장치를 저 한 문장 속에 매설함으로써 평평할 수 있는 스토리를 플롯으로 구조화했다는 점이다. 또 하나는 『지수』의 프롤로그 역할을 하는 1장을 지배하는 중심축은 지수의 삶이 아니라 동생 지영의 죽음이라는 점이다. 자신이 일정 부분 원인 제공을 했다는 부채감을 가지고 있으면서도 여전히 지영을 그리워하는 엄마에 대한 소외감 역시 누적된 지수는, 친정에서 산후조리하면서 감정적 폭발과 해소가 거의 동시에 이루어지고, 마치 화해 의식을 치르듯 엄마와 함께 이십여 년 전 지영의 뼛가루를 흘려보낸 강을 찾는다. 이 부채감은 스스로 강제한 선행처럼 지수를 "지영이의 빈자리를 채우려는 딸로 지내려고 노력하며 살"게 했지만, 이 화해를 통해 지수는 어디 얽매이는 데 없이 자유로워져 비로소 독립된 한 인격체로 거듭난다. 그렇기에 이야기를 따라가며 그의 연애와 결혼, 육아에 대한 선택들에 신뢰의 눈길을 보내면서도 우리는 자주 1장으로 되돌아가 그 선택의 최초 동기가 무엇이었나를 새삼 짚어보게 되는 것이다.

이 와중에 엘피판에 바늘 튀듯 맥락적으로 3장은 조금 튄다. 인솔 교사인 지수가 학생들과 함께 삼 주 동안 선교 활동을 한 케냐는 마치 무균실 같은 느낌을 주는 시공간으로, 가족이나 준호 등 한국에서의 현실적 삶이라는 고리와 전혀 연계되지 않는다. "왜 서울에서는 이렇게 벅찬 하루를 맞이하지 못했을까?" 혹은 "왜일까? 지수는 자신도 물을 마시면서 '마실 물이 있어 감사하다'라고 생각해 본 적이 없다는 것을 알아차렸다."와 같은 자각만 있을 뿐이다. 그러나 3장은 지수가 '행복은 풍부하게 소유하는 게 아니고, 풍요롭게 존재하는 것이다.'라는 법정스님의 전언을 내면화하는 과정에서 문득 유의미해

진다. 내적 풍요가 외적 에너지로 발현되는 일이 그녀 삶에서 더욱 잦아졌을 것이므로.

문법

최근 새로움이란 측면에서 인류 역사상 존재한 적이 없었던 코로나19 바이러스의 출현만큼 강렬한 게 또 있을까. 코로나19는 인간의 삶은 물론 의식의 지형까지 거세게 훑고 지나가면서 인류사에 원래대로 환원될 수 없는 상흔을 남겼고, 잠재적 폭발력을 지닌 채 현재도 진행 중이다. 돌이켜보면 국민의 다수가 매일 시청하던 질병관리본부(현 질병관리청) 정규 브리핑의 긴장감은 사망자·확진자 추이가 큰 요인이었지만, 브리핑 당사자 곁에서 온몸으로 연기하는 것 같은 수어 통역사의 역할도 한몫했다. 간간이 뉴스 화면 귀퉁이의 원 안에서 활동하던 이들이 화면에 전면적으로 등장한 것은 한편으로 코로나19와는 다른 형태의 신선한 새로움이었다. 자연스레 수어 통역사들을 필요로 하는 이들, 곧 언어 소수자인 농인(청각장애인)에 대한 관심이 환기되는 계기가 되었다.

몇 해 전 영화 〈도가니〉(2011)에는 청인 교사와 함께 청각과 언어 장애를 가지고 있는 농아(聾啞) 어린이들이 주인공으로 다뤄졌고, 최근 한국 드라마 최초로 코다(CODA, 농인 부모에게서 태어난 청인 자녀)를 소재화했다고 표방한 〈반짝이는 워터멜론〉(2023)에는 코다 소년 은결이 주인공으로 나온다. 영상물의 특성 때문이겠지만 두 편에 등장하는 수어에 대한 자막 번역은 청인들 간의 대화처럼 완벽한 문장 형태로 이루어지는데, 이는 조사와 접속사, 존대어가 없는 한국수어에서는 사실상 불가능한 문법으로, 『지수』에 표현된 수어 문법과 비교해보면 확연한 차이가 난다.

1. [사람들, 나, 농인, 착각, 아마] → "사람들이 아마 나를 농인으로 착각할 거 같아요."
2. [놀다, 남이섬, 가다] → "우리 남이섬 놀러 가자."
3. [둘, 놀다, 오다] → "둘이 놀러 갔다 와."
4. [아빠, 저기, 소리, 있다] → "아빠, 저기서 소리가 들려."

앞의 [ ] 속 언어가 수어 체계고, 화살표 뒤의 언어가 구어 체계다. "한국수어는 단어(수지기호)가 아닌 문법(비수지기호)으로 존대와 조사의 의미를 구현한다. 그러니 한국어가 제1언어가 아닌 농인 입장에서는 이 메시지를 청인의 입맛에 맞게 구사하기가 쉽지 않다."(김유미, 『영혼에 닿은 언어』) 그런데 영상물에서는 농인과 청인 간에 너무도 원활하게 의사소통이 되는 것처럼 그려져 수어 사용의 어려움이 간과되거나 농인의 정체성이 제대로 드러나지 않을 수 있다. 또한 수어가 가진 매력적인 요소들이 간과될 여지도 있다. ①~③에서 보듯 수어에서 사용되는 단어들은 명징하고, 단어와 단어는 표정과 동작으로 이어진다. 이는 말할 때 구강과 성대를 주로 사용하는 청인과 달리 온몸을 사용하는 농인만의 풍부한 언어 세계다. ④는 청인인 연우가 농인인 아빠에게 하는 수어인데, 이때 [소리]는 [있다]라는 시각적 언어로 바뀐다. [비, 오다]라고 하지 않고 [비, 있다]라고 표현하는 것도 마찬가지로, 수어는 일상언어의 중의적 의미나 은유적 표현을 배제해야 정확한 의사 전달이 가능하기 때문일 것이다. 어쩌면 시의 근원적 풍요로움을 회복해야 하는 시인의 숙명처럼 수어에서 '소리'나 '비'는 태초 자신에게 주어진 아날로지의 위상을 회복하는 중인지도 모르겠다.

수어 문법은 『지수』를 통해 아방가르드적으로 문학에 진입하였다. 농인의 사전적 의미는 '귀에 이상이 있어서 소리를 듣지 못하는 사람'이지만, 문화적 개념으로는 '말하지 못하는 사람이 아니라 말하는 방법이 다른 사람'이다. [소리, 있다]와 같은 표현의 낯섦을 수어에서 발견하는 기쁨을 수어 번역의 유창한 구어화 때문에 놓친다는 것은 문학적 손실이 되지 않을까. 수어가 품고 있는 미지를 담은 『지수』로 인해 2023년은 수어가 문학의 외연을 넓힌 사건 원년으로 기록되어야 할 것이다.

장르

치명적 도약이 없으면 연애도, 결혼도 없다. 자주 '그렇게 그들은 행복하게 살았습니다'로 종결되는 동화 속 그 숱한 연애와 결혼은 한 존재가 다른 존재로 도약할 때 문득 성사된다. 사람이 마법에 걸려 개구리가 되었다가 사랑의 힘으로 다시 사람이 되는 현상 따위가 그 한 예다. 소설에도 연애와 결혼이 있지만, 행복보다 파국이 더 많고 동화보다 현실적이다. 그러나 지수는 준호에게 두 번의 "뒤통수를 맞"고 사랑에 빠진다. 어느 날, 준호는 지수에게 왜 통역사가 되고 싶은지 물었다.

❶ [지수, 수어, 배우다, 왜?]
[농인, 돕다, 봉사, 원하다]
[그러면, 영어, 배우다, 왜?]
[영어?, 여행, 원하다, 외국, 사람, 대화, 자유, 하다]
[수어, 영어, 같다, 언어, 그런데, 수어, 돕다, 영어, 대화, 이상, 수어, 농인, 대화, 하다, 위해서, 배우다, 좋다]
지수는 준호의 말에 뒤통수를 한 대 세게 얻어맞은 기분이

었다. 지수는 수어를 소통을 위한 평등한 도구가 아닌 시혜의 수단으로 치부하고 있었다. 농인을 알아 가고 싶은 사람으로 보지 않고, 도와줘야 하는 사람으로 생각하고 있던 자신이 우스웠다. (중략) 지수의 눈에 준호가 다시 보였다.

❷ 준호와 함께 있는 동안에는 무대에 서 있는 배우들처럼 둘에게만 조명이 비추는 것 같은 신비로움을 느꼈다. 수어는 지수와 준호를 하나로 엮어주고 있었다. (중략)
[나, 농인, 자존감, 있다]
[농인, 자존감?, 무슨 뜻?]
지수는 정확하게 이해하고 싶어 되물었다.
[농인, 때문에, 창피하다, 없다, 농인, 자랑스럽다]
지수는 준호의 말에 또 뒤통수를 맞은 기분이었다. 준호는 자신의 모습을 있는 그대로 존중하고 사랑했다. 그런 준호가 멋져 보였다. 지수는 문득 스스로가 작게 느껴졌다. 자신감 있는 그의 모습을 닮고 싶었다.

청인인 지수와 농인인 준호의 관계에서 '그대 앞에만 서면 작아지는' 사람은 늘 지수다. 준호의 높이로 도약하면서 치명적인 사랑에 빠진 지수는 옛 동화 속 주인공처럼 우아하고, 현대 동화 속 주인공처럼 독립적이다. 그리하여 『지수』는 성장동

화로도 읽힌다.

❶ 아빠가 중학생일 때 인공와우 수술을 하고 보청기를 사용했었대. 그런데 들려오는 소리가 너무 커서 머리가 지끈지끈 아팠대. (중략) 우리도 갑자기 쾅쾅하는 큰 소리를 계속 듣게 되면 귀가 아프겠지? 그래서 아빠는 보청기를 사용하지 않기로 했대.

❷ 지수는 농인을 위한 자막이 있는 공연은 봤지만 수어 통역사들이 함께하는 공연은 처음이었다. 수어로 뮤지컬을 할 수 있다니. 말에 멜로디가 붙어 노래가 되듯 말에 수어가 붙으니 춤이 되고 몸으로 부르는 노래가 되었다. 악보에서 음표들이 춤을 추듯 손끝에서 수어의 선율이 피어났다. (중략) 지수는 무대가 끝난 후에도 황홀경에 빠져 있었다. (중략)
"연우야, 봤어? 엄청 멋지지."
그러자 연우가 수어로 말했다.
[엄마, 수어, 대화, 말, X(엑스), 아빠, 궁금하다] (중략)
[아빠, 춤, 같다, 나, 수어, 배우다, 원하다]
연우가 더듬더듬 수어를 했다. 지수는 이때 연우의 눈빛이 반짝이는 것을 보았다.
[수어, 말, 정말, 아름답다]

준호는 자신의 언어가 자랑스러웠다.

소리의 세계로 진입하려는 노력을 거부하고 침묵의 세계를 자발적으로 선택한 준호의 도약(❶)은 그에게 삶의 어떤 국면에도 위축되지 않는 자존감의 표상이 된다. 성장기의 정체성 확립을 통해 그는 자기 생의 주인이 되었고, 자신을 존중하는 만큼 다른 이들도 준호를 존중하게 만든다. 지수가 그랬던 것처럼.

연우 역시 농인인 아빠를 내심 부끄러워하던 자신으로부터 도약한다(❷). 수어에 대한 진정한 이해와 교감을 통해 연우는 어둠이 될 수도 있었던 침묵의 세계를 빛의 세계로 받아들인 것이다. 준호가 그랬던 것처럼.

동화에세이는 〈출판사 핌〉이 '발명'한 새로운 문학 장르가 아닐까 싶은데, 이미 발간된 『어쩌면 너의 이야기』와 『그러면서 크는 거라고 쉽게 말하지』에 이은 『지수』에서 일관되게 흐르는 것은 자신의 개별적 삶을 동화 형식으로 구현했다는 점이다. 이 책들은 유년의 잃어버린 꿈, 상처 입은 자아나 성장의 단면들이 현실 속에서 도약한 결과물이다. 앞의 두 권이 생의 단면에 관한 동화적 성찰이라면, 『지수』에선 생이 전면적으로 펼쳐진다는 차이가 있을 뿐이다.

우리는 저마다 "피 한 방울 섞이지 않았거늘" 그 무엇이

"이리 좋아서 눈이 물렁해질 때까지 겨워" 하는 삶을 살고 싶어 한다. 『지수』의 주인공들은 '그 무엇'을 겹게 살아냈고, 또한 현재도 살아내고 있다. 자아를 갱신해 나가는 성장통의 동화적 성찰이 [낯설다, 새롭다, 음, 좋다]

2. 지수의 연애

본문 표기	수어 표기
[오랜만, 무엇, 일?]	[오랜만]+[무엇]+[일]+[?]비수지
[내리다, 문, 닫다]	[내리다]+[문]+[닫다]
[왜, 오다?]	[왜]+[오다]+[?]비수지
[수어, 배우다, 기초, 오빠, 여기, 왜?]	[수어]+[배우다]+[기초]+[오빠]+[여기]+[왜]+[?]비수지
[수어통역센터장, 회의, 있다, 지금, 끝나다]	[수어통역센터장]+[회의]+[있다]+[지금]+[끝나다]
[오빠, 센터장?, 멋지다]	[오빠]비수지+[센터장]+[?]비수지+[멋지다]
[수업, 끝, 몇 시?]	[수업]+[끝]+[몇 시]+[?]비수지
[아홉, 시]	[아홉]+[시]
[끝, 후, 밥, 먹다, 같이, 오케이?]	[끝]+[후]+[밥]+[먹다]+[같이]+[오케이]+[?]비수지
[오케이]	[오케이]
[수업, 잘, 끝?, 뭐, 먹다, 싶다?]	[수업]+[잘]+[끝]+[?]비수지+[뭐]+[먹다]+[싶다]+[?]비수지
[피자]	[피자]
[수어, 통역사, 일, 원하다?]	[수어]+[통역사]+[일]+[원하다]+[?]비수지
[수어, 잘하다, 방법, 있다, 농인, 한테, 직접, 배우다]	[수어]+[잘하다]+[방법]+[있다]+[농인]+[한테]+[직접]+[배우다]

비수지 신호(Non-manual signals)_
비수지 신호는 수어를 말하는 사람의 얼굴, 머리, 몸짓, 입모양 등 손이 관여하지 않는 신호를 말한다.

일상 언어

오랜만이야. 여긴 무슨 일로 왔어?

내려, 문 닫혀.

왜 왔어?

수어 배우고 있어. 기초반이야. 오빠는 왜 여기 있어?

수어통역센터장 회의가 있었어. 지금 끝났어.

오빠 수어통역센터장이야? 멋지다.

수업 몇 시에 끝나?

아홉 시.

수업 끝나고 같이 밥 먹자. 오케이?

오케이.

수업 잘 끝났어? 뭐 먹고 싶어?

피자.

수어 통역사 일을 하고 싶어?

수어 잘하는 방법이 있어. 농인에게 직접 배우는 거야.

[맞다, 영어, 배우다, 누구?, 영어, 잘하다, 사람, 수어, 배우다, 누구?, 농인]	[맞다]+[영어]+[배우다]+[누구]+[?]비수지+[영어]+[잘하다]+[사람]+[수어]+[배우다]+[누구]+[?]비수지+[농인]
[그렇다, 나, 가르치다, 주다, 자주, 만나다, 배우다, 오케이?]	[그렇다]+[나]+[가르치다]+[주다]+[자주]+[만나다]+[배우다]+[오케이]+[?]비수지
[오케이, 고맙다]	[오케이]+[고맙다]
[지수, 수어, 배우다, 왜?]	[지수]+[수어]+[배우다]+[왜]+[?]비수지
[농인, 돕다, 봉사, 원하다]	[농인]+[돕다]+[봉사]+[원하다]
[그러면, 영어, 배우다, 왜?]	[그러면]+[영어]+[배우다]+[왜]+[?]비수지
[영어?, 여행, 원하다, 외국, 사람, 대화, 자유, 하다]	[영어]+[?]비수지+[여행]+[원하다]+[외국]+[사람]+[대화]+[자유]+[하다]
[수어, 영어, 같다, 언어, 그런데, 수어, 돕다, 영어, 대화, 이상하다, 수어, 농인, 대화, 위해서, 배우다, 좋다]	[수어]+[영어]+[같다]+[언어]+[그런데]+[수어]+[돕다]+[영어]+[대화]+[이상하다]+[수어]+[농인]+[대화]+[위해서]+[배우다]+[좋다]
[토요일, 일, 뭐?]	[토요일]+[일]+[뭐]+[?]비수지
[별로]	[별로]비수지
[놀다, 남이섬, 가다]	[놀다]+[남이섬]+[가다]
[둘, 만?, 음, 좋다]	[둘]+[만]+[?]비수지+[음]비수지+[좋다]
[오빠, 여기, 곳, 비밀, 길, 비슷하다, 맞다?]	[오빠]비수지+[여기]+[곳]+[비밀]+[길]+[비슷하다]+[맞다]+[?]비수지
[기분, 좋다?]	[기분]+[좋다]+[?]비수지
[응, 시원하다]	[응]비수지+[시원하다]

맞다! 영어는 영어 잘하는 사람에게 배우고, 수어는 수어를 잘하는 농인에게 배우면 되겠다.

그렇지. 내가 가르쳐 줄게. 자주 만나서 배워. 오케이?

오케이. 고마워.

지수, 수어 왜 배워?

농인을 도우며 봉사하고 싶어.

그러면 영어는 왜 배워?

영어? 여행 가고 싶어. 외국 사람과 자유롭게 대화하고 싶어.

수어와 영어는 모두 언어다. 그런데 수어는 돕고 싶고, 영어는 대화하고 싶다? 이상해. 수어도 농인과의 대화를 위해서 배우면 좋겠어.

토요일에 뭐 해?

특별한 일 없어.

남이섬 놀러 가자.

둘 만? 음……, 좋아.

오빠, 여기 비밀의 길 같다. 그치?

기분 좋아?

응, 상쾌해.

[우리, 대화, 모르다, 아마]	[우리]+[대화]+[모르다]+[아마]
[사람들, 나, 농인, 착각, 아마, 맞다?]	[사람들]+[나]+[농인]+[착각]+[아마]+[맞다]+[?]비수지
[하하, 맞다, 다른 사람, 신경, 필요 없다, 둘, 중요하다]	[하하]비수지+[맞다]+[다른 사람]+[신경]+[필요 없다]+[둘]+[중요하다]
[나, 농인, 자존감, 있다]	[나]+[농인]+[자존감]+[있다]
[농인, 자존감?, 무슨, 뜻?]	[농인]+[자존감]+[?]비수지+[무슨]+[뜻]+[?]비수지
[농인, 창피, 없다, 농인, 자부심, 있다]	[농인]+[창피]+[없다]+[농인]+[자부심]+[있다]
[음, 오늘, 부터, 일, 일?]	[음]비수지+[오늘]+[부터]+[일]+[일]+[?]비수지
[동그라미, 늘어나다, 좋다?]	[동그라미]+[늘어나다]+[좋다]+[?]비수지
[화장실?]	[화장실]+[?]비수지
[예쁘다, 나, 언니, 좋다]	[예쁘다]+[나]+[언니]+[좋다]
[오케이, 걱정, 하지 마]	[오케이]+[걱정]+[하지 마]
[안녕하세요]	[안녕하세요]
[네, 괜찮습니다, 감사합니다]	[네]비수지+[괜찮습니다]+[감사합니다]
[수어통역센터장, 일, 합니다, 힘들다, 아닙니다]	[수어통역센터장]+[일]+[합니다]비수지+[힘들다]+[아닙니다]
[좋아합니다, 걱정, 마세요, 많다, 아낍니다]	[좋아합니다]+[걱정]+[마세요]+[많다]비수지+[아낍니다]
[무엇, 일? 왜?]	[무엇]+[일]+[?]비수지+[왜]+[?]비수지
[우리, 만나다, 두렵다, 나, 수어, 초보, 할 수 있을까? 괴롭다]	[우리]비수지+[만나다]+[두렵다]+[나]+[수어]+[초보]+[할 수 있을까]+[?]비수지+[괴롭다]

다른 사람들은 우리가 무슨 대화하는지 모를 거야.

사람들은 나를 농인으로 알지도 몰라. 맞지?

하하, 다른 사람들 시선에 신경 쓸 필요 없어. 우리가 중요해.

나는 농인의 자존감이 있어.

농인 자존감? 무슨 뜻이야?

나는 내가 농인인 게 부끄럽지 않아. 오히려 농인인 게 자랑스러워.

음, 오늘부터 우리 일 일 할까?

동그랗고 쭉 늘어나는 거 좋아해?

화장실 찾아?

나 지수 좋아해.

오케이. 걱정하지 마.

안녕하세요.

네, 괜찮습니다. 감사합니다.

수어통역센터에서 센터장으로 일하고 있습니다. 힘들지 않습니다.

지수 좋아합니다. 걱정하지 마세요. 많이 아껴 줄게요.

무슨 일 있어? 왜?

우리의 만남에 대해서 두려운 마음이 있어. 내가 수어도 서툰데 잘 할 수 있을까? 걱정돼.

[걱정, 필요 없다, 함께, 괜찮다]	[걱정]+[필요 없다]+[함께]+[괜찮다]
[괜찮다, 나, 함께!]	[괜찮다]+[나]+[함께]+[!]비수지
[어?, 왜, 왔어?, 무엇, 일?]	[어]+[?]비수지+[왜]+[왔어]+ [?]비수지+[무엇]+[일]+[?]비수지

4. 파? 파!

본문 표기	수어 표기
[병원, 검사, 끝?]	[병원]+[검사]+[끝]+[?]비수지
[아기, 건강하다, 걱정, 하지 마]	[아기]+[건강하다]+[걱정]+[하지 마]
[지금, 어디?, 걷다?]	[지금]+[어디]+[?]비수지+[걷다]+ [?]비수지
[산책, 중, 장미, 예쁘다, 여보, 사무실, 일, 중, 나, 혼자, 여유, 미안하다]	[산책]+[중]비수지+[장미]+[예쁘다]+ [여보]+[사무실]+[일]+[중]비수지+ [나]비수지+[혼자]+[여유]+[미안하다]
[괜찮다, 일요일, 가다, 꽃, 구경]	[괜찮다]+[일요일]+[가다]+[꽃]+ [구경]
[좋다]	[좋다]
[손가락, 열, 발가락, 열, 정상]	[손가락]+[열]+[발가락]+[열]+ [정상]
[보다, 수고하다]	[보다]+[수고하다]
[나, 아기, 울음, 듣다, 못하다, 아기, 화나다, 안다, 부탁]	[나]+[아기]+[울음]+[듣다]+ [못하다]+[아기]비수지+[화나다]+ [안다]+[부탁]
[돕다, 못하다, 미안]	[돕다]+[못하다]+[미안]
[어쩔 수 없다, 이해, 파°]	[어쩔 수 없다]+[이해]+[파°]

걱정할 필요 없어. 둘이 함께하니까 괜찮아.

괜찮아. 내가 함께 있어!

어? 왜 왔어? 갑자기 무슨 일이야?

일상 언어

병원 검사 끝났어?

아기 건강하대. 걱정하지 마.

지금 어디야? 걸어가고 있어?

산책 중이야. 장미가 너무 예뻐. 여보는 사무실에서 일하고, 나 혼자 산책해서 미안해.

괜찮아. 일요일에 꽃구경 가자.

좋아.

손가락 열 개, 발가락 열 개, 모두 정상입니다.

봤어. 수고했어.

내가 아기 우는 소리는 못 들었어. 그래서 화났나 봐. 아기 안아 줘.

도와주지 못해서 미안해.

아니야. 어쩔 수 없는걸. 이해해.

[여보, 나, 운동, 원하다, 새벽, 때]	[여보]비수지+[나]+[운동]+[원하다]+[새벽]+[때]비수지
[운동?, 좋다, 집?]	[운동]+[?]비수지+[좋다]+[집]+[?]비수지
[아니, 집, 밖]	[아니]비수지+[집]+[밖]
[밖?]	[밖]+[?]비수지
[혹시, 연우, 깨다, 어떻게?]	[혹시]비수지+[연우]+[깨다]+[어떻게]+[?]비수지
[아빠, 있다, 깨다, 우유, 주다, 파]	[아빠]+[있다]비수지+[깨다]+[우유]+[주다]+[파]
[아휴, 우유, 만들다, 방법, 모르다]	[아휴]비수지+[우유]+[만들다]비수지+[방법]+[모르다]
[걷기, 운동, 삼십, 분, 만]	[걷기]+[운동]+[삼십]+[분]+[만]
[삼십, 분?]	[삼십]+[분]+[?]비수지
[연우, 깨다, 전화, 나, 바로, 집, 도착]	[연우]비수지+[깨다]+[전화]+[나]+[바로]+[집]+[도착]
[안 되다, 연우, 자라다, 후, 운동, 가다]	[안 되다]+[연우]비수지+[자라다]+[후]+[운동]+[가다]
[지금, 혼자, 시간, 필요, 집, 감옥, 느낌, 답답하다]	[지금]+[혼자]+[시간]+[필요]+[집]+[감옥]+[느낌]비수지+[답답하다]
[당신, 아기?, 나, 하루 종일, 일, 힘들다, 하지만, 참다, 중]	[당신]+[아기]+[?]비수지+[나]+[하루 종일]+[일]+[힘들다]+[하지만]+[참다]
[뜻, 아니다, 나, 집, 노력, 중]	[뜻]+[아니다]+[나]+[집]+[노력]+[중]비수지
[연우, 생각, 안 하다?, 혼자, 욕심, 중?]	[연우]+[생각]+[안 하다]+[?]비수지+[혼자]+[욕심]+[중]비수지+[?]비수지
[뜻, 아니다!]	[뜻]+[아니다]+[!]비수지

여보, 나 새벽에 운동하고 싶어.

운동? 좋아. 집에서?

아니. 밖에서.

밖에서?

혹시, 연우 깨면 어떻게 해?

아빠 있잖아. 연우 깨면 우유 주면 돼.

아휴, 우유 만드는 방법 몰라.

걷기 삼십 분만 하고 올게.

삼십 분?

연우 깨면 바로 전화해. 내가 바로 집으로 올게.

안 돼. 연우 조금 더 큰 후에 운동해.

지금 혼자만의 시간이 필요해. 집은 감옥처럼 답답하게 느껴져.

당신 아기야? 나도 하루 종일 회사에서 힘들지만 참고 일하고 있어.

그런 뜻이 아니잖아. 나도 집에서 노력하고 있어.

연우 생각 안 해? 혼자만 중요해? 혼자 시간만 욕심내?

그런 뜻이 아니잖아!

[화장실?, 연우, 화장실, 사용, 아직]	[화장실]+[?]비수지+[연우]+ [화장실]+[사용]+[아직]
[여보, 화장실, 때, 연우, 울다, 나, 모르다, 대신, 여보, 듣다, 화장실, 버튼, 나, 빛, 보다, 연우, 간다, 오케이?]	[여보]+[화장실]+[때]비수지+ [연우]+[울다]+[나]+[모르다]+ [대신]+[여보]+[듣다]+[화장실]+ [버튼]+[나]+[빛]+[보다]+ [연우]+[간다]+[오케이]+[?]비수지
[오케이!]	[오케이]+[!]비수지

5. 열 걸음만 더 가자

본문 표기	수어 표기
[연우, 오늘, 놀다, 뭐?]	[연우]+[오늘]+[놀다]+[뭐]+ [?]비수지
[엄마, 놀다]	[엄마]+[놀다]
[연우, 연우!]	[연우]+[연우]+[!]비수지
[연우, 꾸중, 이미, 끝, 하지 마]	[연우]+[꾸중]+[이미]+[끝]+ [하지 마]
[절대, 안 되다]	[절대]+[안 되다]
[친구, 팔, 물다, 안 되다]	[친구]+[팔]+[물다]+[안 되다]
[친구, 밀다, 안 되다, 아빠, 바라보다, 친구, 친하다, 알았지!]	[친구]비수지+[밀다]+[안 되다]+ [아빠]비수지+[바라보다]+[친구]비수지 +[친하다]+[알았지]+[!]비수지
[아빠, 원하다, 뭐?, 연우, 올바르다, 알다?]	[아빠]+[원하다]+[뭐]+[?]비수지+ [연우]+[올바르다]+[알다]+[?]비수지
[아빠, 연우, 미워하다, 아니다, 연우, 걱정]	[아빠]+[연우]+[미워하다]+ [아니다]+[연우]+[걱정]
[물다, 밀다, 싸우다, 안 되다, 약속!]	[물다]+[밀다]+[싸우다]+ [안 되다]+[약속]+[!]비수지

화장실? 연우는 아직 화장실 사용을 안 하는데.

여보 화장실에 있을 때 연우가 울면 화장실에 있는 버튼을 눌러,
그러면 거실에서 빛을 보고 내가 연우에게 갈게. 오케이?

오케이!

일상 언어

연우야, 오늘 뭐 하고 놀았어?

엄마랑 놀았어.

연우야, 연우야!

연우 이미 나한테 혼났어. 그러니까 무섭게 혼내지 마.

절대 안 돼.

친구의 팔을 물면 안 돼.

친구를 밀면 안 돼. 아빠 봐. 친구랑 친하게 지내야 해. 알았지?

아빠는 연우가 올바르게 자라길 원하는 거야. 알지?

아빠는 연우가 미워서 그러는 게 아니야. 연우를 걱정하는 거야.

물고 밀고 싸우면 안 돼. 알았지? 약속!

[언어, 치료, 정보, 해 보다]	[언어]+[치료]+[정보]+[해 보다]
[언어, 치료?]	[언어]+[치료]+[?]비수지
[나, 여섯 살, 부터, 연습, 인공와우, 수술, 후, 다시, 연습, 휴, 힘들다]	[나]+[여섯 살]+[부터]+[연습]+[인공와우]+[수술]+[후]+[다시]+[연습]+[휴]비수지+[힘들다]
[연우, 소중하다, 이제, 끝, 나, 농인, 자존감, 연우, 똑같다, 걱정, 하지 마]	[연우]+[소중하다]+[이제]+[끝]+[나]비수지[농인]+[자존감]+[연우]+[똑같다]+[걱정]+[하지 마]

6. 코다 가족입니다

본문 표기	수어 표기법
[연우, 함께, 놀이터, 파?]	[연우]+[함께]+[놀이터]+[파]+[?]비수지
[오케이!]	[오케이]+[!]비수지
[왜?]	[왜]+[?]비수지
[연우, 말, 엄마, 원하다]	[연우]+[말]+[엄마]+[원하다]
[둘, 놀다, 오다]	[둘]+[놀다]+[오다]
[여보, 연우, 키움, 센터, 초대, 농인, 문화, 궁금하다, 강의, 파?]	[여보]비수지+[연우]+[키움]+[센터]+[초대]+[농인]+[문화]+[궁금하다]+[강의]+[파]+[?]비수지
[파, 파, 연우, 알다?]	[파]+[파]+[연우]+[알다]+[?]비수지
[연우, 우선, 허락, 중요하다]	[연우]+[우선]+[허락]+[중요하다]
[강, 아름답다, 반짝반짝]	[강]+[아름답다]+[반짝반짝]비수지
[여기, 곳, 아빠, 학교, 변하다, 많이]	[여기]비수지+[곳]+[아빠]비수지+[학교]+[변하다]+[많이]비수지

언어 치료에 대해 정보를 찾아 봐.

언어 치료?

나는 여섯 살부터 발음 연습하고, 인공와우 수술 후 또 연습했어. 휴, 진짜 힘들었어.

연우 소중해. 하지만 이제 그만해. 내가 농인 자존감 있는 것처럼 연우에게도 자존감이 있어. 우리 연우 잘 할 거야. 걱정하지 마.

일상 언어

여보, 연우랑 같이 놀이터 갔다 올 수 있어?

오케이!

왜?

연우가 엄마랑 같이 가고 싶대.

둘이 다녀와.

여보, 연우가 다니는 키움센터에서 농인과 문화에 대해 아이들에게 강의할 수 있냐고 물어 왔어. 여보 가능해?

가능해. 연우는 알고 있어?

먼저 연우의 허락이 중요해.

강이 반짝이는 모습이 아름답다.

여기가 아빠가 다녔던 학교야. 많이 변했다.

[좋다]	[좋다]
[학교, 백 년, 넘다]	[학교]+[백 년]+[넘다]
[아빠, 저기, 소리, 있다]	[아빠]+[저기]+[소리]+[있다] 비수지
[엄마, 수어, 대화, 말, X(엑스), 아빠, 궁금하다]	[엄마]+[수어]+[대화]+[말]+[X(엑스)] 비수지+[아빠]+[궁금하다]
[맞다, 미안하다, 공연, 보다?, 멋지다]	[맞다]+[미안하다]+[공연]+[보다]+[?] 비수지+[멋지다]
[아빠, 춤, 같다, 나, 수어, 배우다, 원하다]	[아빠]+[춤]+[같다] 비수지+[나]+[수어]+[배우다]+[원하다]
[수어, 말, 아름답다, 감동]	[수어]+[말]+[아름답다]+[감동] 비수지

와, 좋다.

여기 서울농학교가 백 년이 넘었어.

아빠, 저기서 소리가 들려.

엄마, 말하지 마. 수어로 해. 아빠가 무슨 말인지 궁금해.

맞다. 미안해. 수어 통역하면서 공연하는 거 봤어? 정말 멋있다.

아빠, 수어하는 모습이 춤추는 것 같았어. 나도 수어 배우고 싶어졌어.

수어가 정말 진짜 진짜 아름다워.

동화에세이
지수

초판 1쇄 인쇄 2023년 10월 31일
초판 1쇄 발행 2023년 11월 17일

지은이 구본순
펴낸이 맹수현
펴낸곳 출판사 핌
출판등록 제 2020-000269호 2020년 10월 6일

주소 서울시 마포구 신촌로2길 19, 3층
이메일 bookfym@gmail.com
전화 02-822-0422
팩스 02-6499-5422

편집 맹수현
디자인 타입매터스
인쇄 비쥬얼 봄

Special Thanks To
이영숙 평론가님
송현정 작가님
조은경 작가님

ISBN 979-11-981265-3-5

이 책의 본문에는 마포구 브랜드 서체
Mapo금빛나루(마기찬 디자인)가 사용되었습니다.